新・浪人若さま
新見左近【七】

宴の代償

佐々木裕一

双葉文庫

目次

主な登場人物

新見左近《にいみさこん》——浪人新見左近を名乗り市中に出るが、その正体は甲府《こうふ》藩主徳川綱豊《とくがわつなとよ》。たびたび市中に繰り出しては、秘剣葵一刀流《あおいいっとうりゅう》でさまざまな悪を成敗しつつ、自由な日々を送っていた。五代将軍綱吉《つなよし》たっての願いで仮の世継ぎとして西ノ丸《にしのまる》に入ってからは平穏な日々を過ごしていたが、京にいるはずのお琴《こと》の身に危難が訪れたことを知り、ふたたび市中へくだる。長き戦いの末、闇将軍を討ち果たす。

お峰《みね》——実家の旗本三島《みしま》家が絶《た》えたため、母方の伯父《おじ》である岩城雪斎《いわきせっさい》の養女となっていた、左近の亡き許嫁《いいなずけ》。妹のお琴の行く末を左近に託す。

お琴《こと》——お峰の妹で、左近の想い人。小間物問屋、中屋《なかや》の京の出店をまかされ江戸を離れていたが、店を焼かれたため江戸に逃れ身を潜《ひそ》めていた。貴船屋《きぶねや》の事件解決後、左近と無事再会を果たし、三島《みしま》町《ちょう》で小間物屋の三島屋《みしまや》を再開している。

権八《ごんぱち》——およねの亭主で、腕のいい大工。女房のおよねともども、お琴について京に行っていた。江戸に戻ってからは大工の棟梁《とうりょう》となり、三島屋裏の鉄瓶長屋《てつびんながや》で暮らしている。

およね——権八の女房で三島屋で働いている。よき理解者として、お琴を支えている。

吉田小五郎《よしだこごろう》——甲州《こうしゅう》忍者を束《たば》ねる頭目《とうもく》で、左近の護衛役。幼《おさな》い頃から左近に仕《つか》え、全幅《ぜんぷく》の信頼を寄せられている。三島町で再開した三島屋の隣で煮売り屋をふたたびはじめ、配下のかえでと共にお琴の身を警固《けいご》する。

かえで——小五郎配下の甲州忍者。小五郎と共に左近を助け、煮売り屋では小五郎の女房だと称している。

岩城泰徳《いわきやすのり》——お峰とお琴の義理の兄で、本《ほん》所《じょ》石原町《いしわらちょう》にある甲斐無限流《かいむげんりゅう》岩城道場の当主。父雪斎が左近の養父新見正信《にいみまさのぶ》と剣友で、左近とは幼い頃からの親友。妻のお滝《たき》には頭が上がらぬ恐妻家だが、念願の子を授かり、雪松《ゆきまつ》と名づけた。

間部詮房《まなべあきふさ》——左近の養父で甲府藩家老の新見正信が、左近の右腕とするべく見出《みいだ》した俊英《しゅんえい》。左近が絶大な信頼を寄せる、側近中の側近。

雨宮真之丞《あめみやしんのじょう》――お家再興を願い、左近の命を狙うも失敗。境遇を哀《あわ》れんだ左近により甲府藩に召し抱えられ、以降は左近に忠実な家臣となる。

岩倉具家《いわくらともいえ》――京の公家の養子となるも、密《ひそ》かに徳川家光《いえみつ》の血を引いており、将軍になる野望を持っていたが、左近の人物を見込み交誼《こうぎ》を結ぶ。鬼法眼《きほうがん》流《りゅう》の遣《つか》い手《て》で、京でお琴たちを守っていたが、修行の旅を経《へ》て江戸に戻ってきた。

西川東洋《にしかわとうよう》――上野北大門町《うえのきただいもんちょう》に診療所を開く、甲府藩の奥医師。左近がお琴のところに通いはじめたと知り、診療所を女中のおたえにまかせ、三島屋そばの七軒町《しちけんちょう》に越してきていた。

篠田山城守政頼《しのだやましろのかみまさより》――左近が西ノ丸に入る際に、綱吉が監視役として送り込んだ附家老《つけがろう》。通称は又兵衛《またべえ》。元は直参《じきさん》旗本で、左近のもとに来るまでは、五年にわたって大目付《おおめつけ》の任に就《つ》いていた。

三宅兵伍《みやけひょうご》――左近が西ノ丸に入ってから又兵衛によってつけられた、近侍《きんじ》四人衆の一人。左近と同年配の、真面目で謹直《きんちょく》な男。

早乙女一蔵《さおとめいちぞう》――左近の近侍四人衆の一人。穏やかな気性だが、念流《ねんりゅう》の優《すぐ》れた技を遣う。

砂川穂積《すながわほづみ》――左近の近侍四人衆の一人。四人の中では最年少だが、気が利く人物で、密偵としての才に恵まれ、深明流《しんめいりゅう》小太刀術《こだちじゅつ》の達人でもある。

望月夢路《もちづきゆめじ》――左近の近侍四人衆の一人。地獄耳の持ち主。左近を敬《うやま》い、忠誠を誓っている。

新井白石《あらいはくせき》――左近を名君に仕立て上げるべく、又兵衛が招聘《しょうへい》を強くすすめた儒学者《じゅがくしゃ》。本所で私塾を開いており、左近も西ノ丸から通っている。

徳川綱吉《とくがわつなよし》――徳川幕府第五代将軍。四代将軍家綱《いえつな》の弟で、甥《おい》の綱豊（左近）との後継争いの末、将軍の座に収まる。だが、自身も世継ぎに恵まれず、その座をめぐり、娘の鶴姫《つるひめ》に暗殺の魔の手が伸びることを恐れ、綱豊に、世間を欺《あざむ》く仮の世継ぎとして、西ノ丸に入ることを命じた。

柳沢保明《やなぎさわやすあき》――綱吉の側近。大変な切れ者で、綱吉の覚えめでたく、老中格に任ぜられ、権勢を誇《ほこ》っている。

徳《とく》川《がわ》家《いえ》宣《のぶ》

江戸幕府第六代将軍
寛文《かんぶん》二年（一六六二）～正徳《しょうとく》二年（一七一二）

寛文二年（一六六二）四月、四代将軍徳川家綱《いえつな》の弟で、甲府《こうふ》藩主徳川綱重《つなしげ》の子として生まれる。綱重が正室を娶《めと》る前の誕生であったため、家臣新見正信《にいみまさのぶ》のもとで育てられる。

寛文十年（一六七〇）、九歳のときに認知され、綱重の嗣子《しし》となり、元服後、綱豊《つなとよ》と名乗る。延《えん》宝《ぽう》六年（一六七八）の父綱重の逝去《せいきょ》を受け、十七歳で甲府藩主となる。将軍家綱が亡くなった際には、世継ぎとして候補に名があがったが、将軍の座には、叔父《おじ》の綱吉《つなよし》が就《つ》いた。

五代将軍綱吉も、嫡男《ちゃくなん》の早世《そうせい》や、長女鶴姫《つるひめ》の婿《むこ》である紀州《きしゅう》藩主徳川綱教《つなのり》の死去等で世継ぎに恵まれなかったため、宝永《ほうえい》元年（一七〇四）、綱豊が四十三歳のときに養嗣子となり、江戸城西ノ丸《にしのまる》に入り、名も家宣と改める。宝永六年（一七〇九）の綱吉の逝去にともない、四十八歳で第六代将軍に就任する。

将軍就任後は、生類憐《しょうるいあわれ》みの令をはじめとした、前政権で不評だった政策を次々と撤廃《てっぱい》。間部詮《まなべあき》房《ふさ》を側用人《そばようにん》として重用し、新井白石《あらいはくせき》の案を採用するなど、困窮《こんきゅう》にあえぐ庶民のため、政治の刷新をはかり、万民に歓迎される。正徳二年（一七一二）、五十一歳で亡くなったため、治世《ちせい》は三年あまりとごく短いものであったが、徳川将軍十五代の中でも一、二を争う名君であったと評されている。

新・浪人若さま　新見左近【七】

宴《うたげ》の代償

第一話　囚《とら》われたお琴《こと》

一

とある町の社《やしろ》の鳥居を、老侍が一人、また一人と潜《くぐ》ってゆく。

その者たちは一様に陰がある面持《おもも》ちをしており、鬢《びん》に白髪が目立つようになっても、うまくいかぬ人生を憂《うれ》い、これからの暮らしが上向くよう、神頼みに来たのだろうか。

それとも、家族の安寧《あんねい》を願うてのことか。

だが、その者たちは皆、小さな本殿に向いてあいさつ程度に頭を下げるのみで、願いを込める様子もなく裏手に回ってゆく。

そして誰もが、竹林の道に入る前に一度振り返り、人目がないことを確かめたあとに歩みを進める。

竹林の道に入る人が絶《た》えておよそ半刻《はんとき》（約一時間）が過ぎた頃、先ほどの者たちが出てきた。

互いに話をするでもなく、一定の距離を空けて町中に戻った者たちは、別の道を歩んでゆく。

だが、その者たちの行き先は同じだった。町を迂回《うかい》する者、まっすぐ目当ての場所に行く者。各々《おのおの》思う道をゆき、やがて、浜松町《はままっちょう》にある寺の裏手に集まった。

先ほどまで曇っていた空は晴れ間がのぞき、風も吹いてきた。路地の先に見える東海道《とうかいどう》は、人の流れが切れることなく行《ゆ》き交《か》っている。

男たちがいる路地には、人がいない。

真新しい門は裏にしては立派で、漆喰壁《しっくいかべ》も塗り替えられたばかりに見え、寺の隆盛《りゅうせい》ぶりがうかがえる。

年老《お》いた男たちは、唇《くちびる》を真一文字に引きむすび、鋭い目を門に向けていた。

そして、一人の男が振り向き、皆の顔を順に見てうなずくと、応じた男たちは顔に布を巻いて目から下を隠し、抜刀《ばっとう》した。

前に出た男が門扉《もんぴ》を押す。

閂《かんぬき》がはずされている門扉は音もなく開き、男が先に入って中をうかがい、手招きした。

周囲を警戒しながら待っていた男たちは順に門内へ入り、門扉が閉じられると、門で封じる音がした。

人がいない路地を一陣《いちじん》の風が吹き抜け、何ごともなかったように静かになった。

二

この日、新見左近《にいみさこん》は、七月七日の行事のために本丸御殿へ出向き、将軍綱吉《つなよし》と共に、七夕《たなばた》の節句《せっく》で登城する諸侯たちのあいさつを受けた。

綱吉は、世継ぎに考えている娘婿《むすめむこ》の紀州徳川《きしゅうとくがわ》家の嫡子《ちゃくし》綱教《つなのり》と愛娘《まなむすめ》鶴姫《つるひめ》の命を、次期将軍の座を虎視眈々《こしたんたん》と狙う者から守るために、左近を身代わりとして西《にし》ノ丸《のまる》に入れている。

仮の姿だが、左近が次期将軍であることを世に知らしめるためには、毎月のようにある城の行事には必ず出座《しゅつざ》し、綱吉と共に諸侯の前にいなければならない。

命を狙われるかもしれぬ立場を左近が拒《こば》まぬのは、将軍家と鶴姫のためでもあるが、何より、跡目争いにより世が乱れるのを恐れてのこと。

左近が西ノ丸に入ってからは、鶴姫の命を狙う動きもなくなり、登城してくる諸侯も、左近にうやうやしく頭を下げ、落ち着いている。

「まことに、よい具合じゃ」

綱吉は上機嫌で左近に言い、今日も行事を無事終えることができた。

日が富士《ふじ》の山に近づく頃、西ノ丸に戻った左近は、お琴《こと》と七夕を楽しむべく、町へ出かけようとしていた。

そこへ待ち構えていたように、又兵衛《またべえ》こと篠田山城守政頼《しのだやましろのかみまさより》が現れ、小姓《こしょう》の手伝いで着替えをしている左近の前に正座した。

「又兵衛、今日も出るぞ」

先回りをする左近に、又兵衛は神妙な顔で言う。

「殿を襲うた刺客の正体がつかめておりませぬ」

「もう数カ月前のことだ。すぐに見つけると申したのはそなたであろう」

左近が刺客に襲われたのは、綱吉の母、桂昌院《けいしょういん》が仕組んだことだと疑う又兵衛は、左近が待てと止めても、

「西ノ丸様を上様のご母堂《ぼどう》が暗殺しようとしたことが明らかになれば、世が乱れます。元大目付《おおめつけ》のそれがしが必ず暴《あば》き、封じてみせまする」

などと言い、本来左近を見張る附家老《つけがろう》の立場を忘れて、刺客の探索をはじめ

た。

しかし、季節が移ろい、元禄《げんろく》十年（一六九七）も半年が過ぎても、刺客の影すら見えていない。

左近の命を取れなかったことで、相手は沈黙しているに違いなかった。幾度か町に出ても、あの日剣を交《まじ》えた刺客は一度も現れず、左近は平穏な日々を過ごしていたのだ。

「夜道は危のうございます。腕の立つ者に警固《けいご》させまする」

「忍びだ。必要ない」

「またそのようなことを」

「又兵衛」

しつこいぞ、という目顔を向けると、又兵衛は渋い顔をした。

「はは、ではくれぐれも、油断なされませぬように」

出ようとするたびにこうして案ずる又兵衛に、

「出てくれば、次は逃さぬ」

左近は大真面目な顔で言い、小姓が渡す宝刀安綱《やすつな》を帯に差した。

甲府《こうふ》藩主としての政務は一段落させているため、次の登城まではゆっくりできる。

そう思い左近は廊下に出たのだが、庭に気配を覚えて顔を向けた。

西ノ丸の広い裏庭の木陰から現れたのは、煮売り屋にいるはずの小五郎《こごろう》だ。

廊下で立ち止まっている左近のそばに来て片膝《かたひざ》をつき、神妙に頭を下げた。

「殿、申しわけありませぬ」

「いかがした」

「お琴様とおよねさんが宿坊《しゅくぼう》新築の祝いで招かれていた聖楽寺《せいがくじ》に賊が押し入り、巻き添えにより囚《とら》われの身となられました」

「何！」

刺客のことが脳裏《のうり》をかすめた左近は、小五郎に面《おもて》を上げさせた。

「二人は無事なのか」

「はい。かえでが確かめております」

「押し入った賊の正体はわかっておるのか」

「いえ」

「寺に案内いたせ」

「殿、それがしもまいりますぞ」

「又兵衛はよい。もしも刺客絡みなら、余《よ》が自ら片をつける」

左近は又兵衛に留守を託し、小五郎と西ノ丸をくだった。

「寺はどこにある」

「浜松町です。ここからだと半刻もかかりませぬ」

外桜田御門《そとさくらだごもん》を出たところで小五郎が言い、応じた左近は走った。

町に出た時には夕暮れとなり、東海道に入る頃には、すっかり暗くなった。

左近は道を急ぎながら、小五郎から話を聞いていた。

それによると、お琴とおよねは、同じ神明前《しんめいまえ》で商売をする蠟燭問屋《ろうそくどんや》の村田屋《むらたや》の女将《おかみ》から誘われていた。

女将のおくみは、得意先である聖楽寺の祝い事に招かれ、いつも神明前通りのために尽力しているお琴をねぎらうために、誘《さそ》っていたのだ。

お琴が出かけるにあたり、警固の役目を帯びているかえでが同道しようとした。だが、寺はさほど遠くなく、人通りが多い東海道沿いにあるうえに昼間のことだから心配ない。村田屋の女将に気を遣《つか》わせたくないから、今日はいいわ、とお琴に言われて、従ってしまったのだ。

夕刻になっても二人が戻らないため、小五郎とかえでが寺に行ったところ、寺《じ》社方《しやかた》が囲んでいたという。

「油断したわたしのしくじりです」

小五郎は苦渋《くじゅう》に満ちた表情で左近の前で足を止め、地べたに平伏《へいふく》して詫《わ》びた。

「誰のせいでもない。悪いのは賊だ。急ぐぞ」

左近は小五郎の腕をつかんで立たせ、夜道を急いだ。

人が少なくなっている東海道を南へ向かって走りながら、小五郎に問う。

「権八《ごんぱち》はどうしている」

恋女房のおよねが賊に囚われていると知れば、ひどく動転《どうてん》して大騒ぎするに違いない。

「権八殿にはまだ知らせていませんが、寺社方が寺を取り囲んでおりますから、そろそろ騒ぎが伝わるでしょう」

小五郎が言うとおり、寺に行くと寺社方が大勢駆けつけ、篝火《かがりび》が焚《た》かれて周囲は明るかった。

その物々しさに、左近は疑問が浮かんだ。

「賊が逃げる前に寺社方が来たということは、寺が狙われていることを前もって把握《はあく》していたのだろうか」

「それが、どうもそうではなさそうです」

「では、賊が手間取っているあいだに、寺社方の知るところとなったのか」

「運よく難を逃れた者が申しますには、お披露目《ひろめ》された宿坊で祝いの宴《うたげ》が催《もよお》されていた時、十数人の賊が押し入り、お琴様をはじめ、招かれていた商家の者たちが人質にされたそうです。賊は盗みが目当てかと思えばそうではないようで、金目の物を奪って逃げる様子ではなかったそうです」

物々しい山門《さんもん》を離れた場所から見ていた左近は、背後に気配を覚えて振り向いた。

寺の裏手に通じる道の暗がりから現れたのは、神妙な顔をしているかえでだ。

「殿、申しわけありませぬ」

人目を気にして平伏こそしないかえでだが、しくじりを後悔し、暗い顔をしている。

左近はかえでにうなずく。

「起きてしまったことは仕方ない。それより、中の様子は探れたか」

かえではうなずき、歩み寄って小声で言う。

「お琴様とおよねさんを含め、囚われている者たちは十八人です。武家はおらず、近所の商家の者ばかりで、本尊《ほんぞん》がある須弥壇《しゅみだん》に寄せられ、周囲に大量の油がまかれて見張りがいるため、救おうにも手が出せませぬ」

「寺の者は」

「六名の者が本堂の前に集められてひとくくりにされ、手槍《てやり》を向けられております」

左近は憂いた。

「それだと、寺社方が迂闊《うかつ》に動けば危ういな。賊は何者で、何が狙いでこのようなことをしたのだろうか」

するとかえでは、疑念を浮かべた面持ちで言う。

「先ほどまで庭に潜《ひそ》み探っておりましたが、本堂の戸がすべて閉められ、中の様子はうかがえなくなりました。されど、金目の物を奪うのが狙いではないように思えます」

「そのことは小五郎から聞いた。そなたは、何ゆえそう思う」

「賊は皆、布で鼻と口を隠しておりますが、頭目《とうもく》をはじめ、ほとんどが年配者ではないかと。声と立ち居振る舞いを見ての、憶測にすぎませぬ」

かえでがそう言った時、役人が配下を相手に大声をあげた。

「下手《へた》に賊を興奮させるな。なんとしても、住職の賢隆《けんりゅう》殿をお助けしろ」

そう厳命する姿を見た左近は、賊が周到な計画を練って押し入っているのだと察する。

小五郎が左近に歩み寄る。

「指揮を執《と》る役人は、寺社奉行岡島出羽守《おかじまでわのかみ》殿の江戸家老、曾根崎《そねざき》殿です」

綱豊《つなとよ》だと名乗れば、曾根崎がやりにくいだろうと思う左近は、小五郎に言う。

「賊の狙いを探れるか」

「はは」

小五郎は離れ、寺を囲む寺社方を遠巻きにしている野次馬の中に紛《まぎ》れた。

そのあいだも寺社方の応援が続々と駆けつけ、役人の数が増えていく。

「逃げられぬと知った賊が開き直る前に、なんとかお助けしないと」

心配するかえでに、左近は寺の本堂と思《おぼ》しき大屋根が明かりに浮かぶのを指差して言う。

「見よ、外の騒ぎに応じて、中の明かりが増やされた。警戒しておろうから、今は動かぬほうがよい」

寺社方の動きも慌《あわ》ただしくなり、お琴たちを案じずにはいられない。

しばらくして、小五郎が戻ってきた。

左近たちは今、山門を望める東海道の道端にいる。

耳目《じもく》を気にして商家を避け、商売繁盛《はんじよう》を祈念するために恵比須《えびす》様が祀《まつ》られている祠《ほこら》の前に移動した。

「何かわかったか」

「賊の狙いは、賢隆和尚《おしよう》です」

「この寺の住職か」

「はい」

「恨《うら》みか」

「わかりませぬ。寺内に賢隆和尚がいないらしく、賊どもは、和尚を連れてこいと寺社方に要求しているそうです」

左近はかえでに向く。

「かえでも見ておらぬか」

「はい」

「今日は祝いで客を招いているというのに、何ゆえおらぬのだ」

かえでは首を横に振った。

小五郎が左近に言う。

「自身番《じしんばん》の表に、運よく座をはずしていて、寺の者たちと逃げた商家のあるじがおります。あの者に訊《き》いてまいります」

左近がそちらを見ると、肥《こ》えた五十代の男が、町の者と深刻な顔で話している。寺の者たちは自身番の中で、役人の調べを受けていると小五郎が言う。

「あの者は、仏具屋の三松屋《みまつや》蓮右衛門《はすえもん》だそうです」

「そうか。ではおれも行こう」

左近は小五郎とかえでを連れて、蓮右衛門に近づいた。

「ちと、教えてくれ」

左近が声をかけると、蓮右衛門は不思議そうな顔をした。

「手前に、何か」

「そなたは運よく逃げられたそうだな」

「ええ、寺の方々のおかげでございます」

「その時、賢隆和尚もいたのか」

蓮右衛門は眉根《まゆね》を寄せて、辛《つら》そうな顔で首を横に振った。

「おい！」

自身番の中からした声に左近が顔を向けると、陣笠《じんがさ》と防具をまとった曾根崎が、怪《あや》しい者を見る面持ちで出てきた。

左近が合図すると、小五郎とかえでは他人のふりをして離れ、野次馬に紛れた。

近づいた曾根崎は、配下の一人に命じて蓮右衛門を自身番に連れて入らせ、疑いを崩さず左近に向く。

綱豊だと気づくはずもなく、

「何をこそこそ探っておる。そのほうもしや、賊の仲間ではあるまいな」

身なりだけで決めてかかる曾根崎に、左近は神妙な態度で答えた。

「寺の中に、大切な人がおりますもので」

すると、曾根崎は態度を一変させ、気の毒そうに言う。

「そうであったか。だが案ずることはない、我らが必ず助けるゆえ、下がっておれ」

左近は応じて、その場から離れた。

三

その頃お琴は、およねとおとなしくしていた。

広い本堂にある須弥壇は立派で、蠟燭の明かりで金色《こんじき》に輝く本尊を見ていると、集められた商家の者たちを守ってくれる気がした。

仏具も金箔《きんぱく》が真新しい物ばかりで、それらに囲まれたおよねは、

「なんだか、極楽にいる気分です」

こんな状況で、冗談まじりに言う余裕がある。

そんなお琴とおよねとは違い、車座《くるまざ》になっている商家のあるじたちは、不安そうな顔でひそひそ話をしている。

見張っている賊の仲間たちは人質を脅《おど》すこともなく、離れた場所で立っている。しかし四方を囲み、逃げる隙《すき》は微塵《みじん》もない。

お琴の横に座っているおよねは、冗談を言ったかと思えば、祝い酒のせいで船を漕《こ》ぎはじめた。不思議と恐ろしくなかったお琴も、およねに釣られて、うとうとした。しばらくして目をさまし、何ごともなく時が過ぎてゆく。酔いがさめたおよねは、しきりにあたりを見はじめ、苛立《いらだ》ちを態度に出した。そして、お琴に

身を寄せ、小声で言う。

「今夜おかみさんに会いに来るとおっしゃっていた左近様にも、きっとこの騒ぎが伝わっているはずなのに、遅いですね」

助けに駆けつけ、賊など一人残らず倒してくれる、そう信じているがゆえの愚《ぐ》痴《ち》だ。

お琴はそんなおよねを不安にさせまいとして、微笑《ほほえ》んでみせる。

「今日はお城で行事があるとおっしゃっていたから、仕方ないわ。でも、今こうしているあいだに、助けに来てくださっているかも」

「そうですね。それにしてもとんだ七夕の夜になっちまって」

ため息をついたおよねだが、左近が行事のことを言っていたのを思い出したらしく、落ち着きを取り戻した。周囲に目を配り、商家の女将が震えているのに気づくと四つん這《ば》いになって近づき、手をにぎって言う。

「半田屋《はんだや》の女将さん、明日の朝までにはめっぽう強いお方が助けに来てくださるから、落ち着いて」

半田屋の女将は手を離し、およねのたくましい腕をつかんだ。

「ほんとなのおよねさん、信じていいの」

「ええ、いいですとも。悪い奴らなんて、束《たば》になってかかっても敵《かな》いやしないから、明日にはおうちに帰れます。だから安心して。ほら、食べないとだめですよ」

手をつけていない塩むすびの皿を取ってすすめ、半田屋の女将が食べると、にっこりして離れた。

お琴の横に戻ろうとしていたが、もう一人の女、檀家《だんか》の総代《そうだい》を務めていた油問屋、杉田屋庄右衛門《すぎたやしようえもん》の娘お京《きよう》を気にして、そちらに四つん這いで行く。

まだ二十歳《はたち》のお京は、灰色の着物に黒の帯を締めた地味な格好をしている。半年前に、父親が事故で亡くなった悲しみの中、病弱の母の面倒を見ながら店を守っているのだ。今日は、父親が寺の総代をしていた縁で招かれていた。

お京は塩むすびに手をつけず、じっと下を向いたまま、一点を見つめている。

村田屋のおくみからお京を紹介されていたお琴は、父親のこともあり、どこか陰がある人だと思っていたが、こんなことに巻き込まれて、家に残している母親のことを心配しているのではないだろうか、と案じた。

お琴が見守る中、およねはお京に近づき、心配そうに声をかけた。

「お京さん、顔色がよくないけど、気分が悪いのかい」

お京は驚いたような顔を上げ、首を左右に振って微笑んだ。おとなしそうな娘さんだ。

「食べられる時に食べておかないと」

およねがお節介《せっかい》を焼いて塩むすびをすすめると、お京はひとつ取り、口に運んだ。

そんなお京のことを、賊の一人が見つめている。覆面で表情は見えないが、蠟燭の明かりの中、目はどことなく、哀愁《あいしゅう》を含んでいるようだ。

そのことに気づいたお琴は、目が離せなくなっていた。

すると賊は、お琴と目が合うとすぐにそらし、仲間に何か告げて外に出ていった。

賊たちは、決して手荒な真似《まね》はせず、賢隆が来るまでの辛抱《しんぼう》だと言い、飯も食べさせる。

商家の男たちは、

「とんだとばっちりだ」

「そうとも。わたしたちを置いて、和尚さんはどこにいなさる」

「寺と何を揉《も》めたんだろうか」

などと小声で言い合い、

「もし和尚さんが応じなきゃ、わたしたちはどうなるんだろう」

誰かが声をあげると、皆不安に満ちた顔をして黙り込んだ。

痩《や》せっぽちの神経質そうな顔をした菓子屋、八国堂《はっこくどう》のあるじが、

「冗談じゃない、わたしは死にたくないよ」

そう言ったかと思えば立ち上がり、見張りの者に声をかけた。

「ちょっと、いいですか」

見張りの者は、黙って立っている。

八国堂のあるじは構わず言う。

「金が目当てなら、わたしたちが出し合って千両さしあげますから、ここから出してください。このとおり」

勝手に決めて言うが、怒る者はいない。

「二千両だっていい」

誰かがそう声をあげた。

だが、見張りの者は相手にしない様子で、黙って立ったままだ。

八国堂のあるじは商家の男たちに振り向いて、眉間《みけん》に皺《しわ》を寄せる。

「顔は見えないが、あの人は爺さんだったようだから、耳が遠いのかね」

男たちが慌てて、余計なことを言っちゃだめだ、と小声で止めた。

皆が注目する中、微動だにせずにいる賊の立ち位置は蠟燭の明かりが薄暗く、覆面を被《かぶ》った目元は黒く見える。

その不気味さに、八国堂のあるじはごくりと唾《つば》を呑《の》み、恐れた顔をして座った。

「お前様、あたしはもう我慢できないよ」

そう言ったのは、先ほどから落ち着きがなくなっている紙問屋の女房だ。

四十代の夫婦は二人揃《そろ》って招待され、着物まで新調して今日という日を楽しみにしていたが、とんだことになったと泣いていた。

その女房お竹《たけ》が、正座している足を動かして、手をもじもじとやっている。

「手水《ちょうず》かい」

夫の吉兵衛《きちべえ》が問うと、お竹は首を何度も縦《たて》に振った。

捕らえられてこれまで、誰も尿意《にょうい》を訴えていなかった。

賊を恐れる吉兵衛は、眉毛をハの字にしてお竹を心配しているが、声をかける勇気が出ないようだ。

「もうだめ」

泣きそうに訴えるお竹を見かねたお琴が、立ち上がった。

「あの、すみません。憚《はばか》りへ行かせてください」

すると、先ほど八国堂のあるじが声をかけた見張りの賊が、もう一人の賊に向き、小さくうなずいた。

「なんだい、聞こえているんじゃないか」

八国堂がぼやいている。

応じた賊の一人が外に出て、一枚の板を持って戻ると、須弥壇のそばにいるお琴たちの前に置いた。

まかれた油が染み込んだ畳を踏まないようにする配慮に、お琴は賊を見た。

覆面の奥にある目は、若いのか年寄りなのかわからないが、

「女、早くしろ」

言った声は、若いようには思えぬ。

お琴がお竹を促《うなが》すと、他の女たちが、わたしも、と言って、次々立ち上がった。

「二人ずつだ」

そう言われて、まずはお竹と半田屋の女将が行き、お琴とおよねは、六人いる女の一番あとに行かせてもらった。

見張りが一人つく中、本堂から廊下に出てみると、境内《けいだい》は明々《あかあか》と篝火が焚かれ、覆面を着けた賊たちが油断なく立っている。

宿坊の裏手にある憚りに着いたお琴は、およねと順に用をすませた。

見張りの賊は気を遣ったように離れた場所で待っており、およねはそちらを見て、お琴に言う。

「いやらしい目で見られるかと思ったけど、案外優しいですね。お年寄りだと皆さんはおっしゃっていますけど、やっぱりそうなんですかね」

お琴はおよねを黙らせて、待っている賊のところに戻った。

賊は何も言わず、本堂へ手で誘う。

恐る恐る賊の前を通り過ぎ、本堂へ戻るべく廊下を歩いていたのだが、急に裏庭が騒がしくなったのに驚き、立ち止まった。

庭にいた賊たちが、刀を抜いて走る。

「おかみさん、左近様が来てくださったのでは」

およねが言うまでもなくそう思っていたお琴は、気になって廊下の角を曲がり、裏庭が見渡せる場所に行った。すると、土塀《どべい》を背にした三人の若侍が刀を構え、囲む賊たちと対峙《たいじ》していた。

「じじいども、逃げられやしないぞ！」

「そうだ！　今ならお慈悲《じひ》がある。刀を捨てろ！」

密《ひそ》かに中に入ってきたらしい三人の若侍が、賊を年寄りと見抜いて舐《な》めてかかっている。

そう思えたお琴は、不安になった。

一人の男が、悠然《ゆうぜん》と三人の前に出たのはその時だ。

茶の小袖《こそで》と裁《た》っ着《つ》け袴《ばかま》の後ろ姿は、宿坊に押し入ってきた時、皆に指図をしていた頭目。

年寄りだと舐めている三人は、余裕の顔で刀を向けた。

「じじい、刀を捨てろと言うのが、聞こえぬのか！」

語気を強めた侍の一人が、言うことを聞かず対峙している頭目に苛立った声を吐き、刀を構えるなり、気合をかけて斬りかかった。

袈裟《けさ》斬《ぎ》りに打ち下ろされた一刀を、頭目は抜刀するなり右手一本で弾《はじ》き上げ、切っ先を素早く転じて侍の喉《のど》に突きつけた。

刀を振り上げたまま動けぬ侍は、頬《ほお》をひくつかせている。

頭目に睨《にら》まれ、死の恐怖に襲われた侍は、刀を上げたまま下がった。

「おのれ！」

入れ替わりに、侍の同輩が斬りかかる。

頭目は、鋭く打ち下ろされた侍の一刀をひょいと右に出てかわすや否《いな》や、空振りして振り向こうとした相手の左肩を峰打《みねう》ちした。

離れた場所にいるお琴のところまで聞こえるほどの強さで打たれた侍は、倒れて呻《うめ》き、激痛に苦しんでいる。

三人目が刀を振り上げて斬りかかろうとしたが、頭目に切っ先を向けられ、一瞬の戸惑いを見せた。

その隙を突いた頭目が、一足飛《いっそくと》びに間合いに入り込む。

慌てて斬りかかろうとした侍だったが、姿勢を低くして振るわれた一刀で脇腹を打たれ、刀を落として悶絶《もんぜつ》した。

土塀を越えて入ろうとしていた捕り方の二人は、目の前で上役の若侍たちが打ちのめされるのを見て声をあげ、助けに来ようとするも、

「火をつけるぞ！」

大音声《だいおんじょう》で脅され、固まったように動かなくなった。

さらに賊の頭目が、倒れている若侍の喉元に刀を突きつけ、捕り方に向かって言う。

「今すぐ賢隆を連れてこなければ、この者の命を取る」

「まま、待て、待て」

捕り方は手の平を向けてなだめた。

頭目は聞かぬ。

「おのれらの姿を少しでも見せてみよ、この者の首をはねる。下がれい!」

気合が込められた大音声に、捕り方たちはなす術《すべ》もなく土塀から下り、掛けられていた梯子《はしご》もはずされた。

「おい、中に戻れ」

背後の声にお琴が振り向くと、騒ぎを聞いて出ていた商家の男たちが、見張り役の男に従って本堂に入っていく。

お琴とおよねが板を渡って須弥壇のそばに戻ると、見張り役が言う。

「年寄りと思うて舐めておると、痛い目に遭《あ》うのがようわかったか。そこ、どうじゃ」

指差された八国堂のあるじがぎょっとして、何度も首を縦に振り、

「おとなしくしますです、はい」

早口で言い、背中を丸めた。

見張り役が元の場所に戻るのを見ていたおよねが、お琴に小声で言う。

「これじゃ、左近様も助けに来られやしませんよ。あたしたち、どうなるんでしょうね」

「とにかく、静かにしていましょう。皆さんも」

男たちはお琴にうなずき、女たちは身を寄せ合い、無事を祈った。

四

夜が明けても、賢隆は姿を見せなかった。

賊の頭目は、捕らえている三人の若侍たちを山門に連れていかせ、石畳に正座させた。

厚い板戸一枚挟んだ外には、寺社方が陣取《じんど》っている。

悔しそうな顔をしている三人の前に立った賊の頭目は、

「おぬしのあるじは、冷たい男だの」

落ち着いた声で言うと、刀を抜いた。

若侍の一人が恐怖におののき、

「待て、待ってくれ」

懸命に命乞《いのちご》いをするも、頭目は刀を振り上げ、目に力を込めた。

「ぎゃああ！」

山門の外に男の絶叫が届き、疲れを見せていた寺社方の者たちがびくりとし、騒然となった。

「ご家老！」

配下が言うまでもなく、手柄を焦《あせ》って抜け駆けした若い配下が斬られたと思った曾根崎は、座していた床几《しょうぎ》を蹴り飛ばし、山門を睨んだ。

「おのれ」

歯が鳴るほど食いしばり、目を閉じて気持ちを落ち着かせると、側近の者に向く。

「表と裏から同時に踏み込む。支度をしろ」

「はは」

伝達に走ろうとする側近の行く手を、左近が阻《はば》んだ。

「どけ、邪魔だ」

怒る側近を無視して、左近は焦る曾根崎に言う。

「踏み込めば、中の人質が傷つけられるぞ」

すると曾根崎は、左近と目を合わせようとせず、

「この無礼者を下がらせろ」

厳しく命じた。

応じた側近が左近の腕をつかんで引っ張る。だが、左近はぴくりとも動かない。

むきになった側近が強い力で引っ張ろうとする手首をつかんだ左近は、ひねり倒した。

小柄な側近は腰から地面に落ちたが、すぐに立ち、おのれ、と叫んで刀に手をかけた。

左近が顔を向ける。

強い目力《めぢから》に気圧《けお》された側近は臆した面持ちで下がり、刀を抜かなかった。

曾根崎が苛立ちをぶつける。

「何をしておる。こ奴を捕らえよ」

配下の者たちが左近に迫ろうとしたところへ、小五郎が割って入った。

「何を揉めておられる」

すると曾根崎が、さらに苛立った。

「ええいうるさい。町人の分際で口を挟むな」

指差して怒る曾根崎に、小五郎は堂々とした態度で歩み寄る。

「それがしは、西ノ丸様のおそばに仕《つか》える者。ここをまかされているのは貴殿か」

曾根崎は、町人の身なりをしている小五郎を見定め、怒気《どき》を浮かべた。

「戯《ざ》れ言《ごと》を申すと、おのれも捕らえるぞ」

小五郎が動じるはずもなく、曾根崎を見据《みす》えて続ける。

「これから申すことは他言無用に願う」

「なんだというのだ」

「中には、西ノ丸様がご寵愛《ちようあい》される女人《によにん》がいらっしゃる。手荒な真似をして傷を負われれば、ここにおる者だけでなく、寺社奉行殿もただではすまぬことになるが、貴殿のあるじはどなたか」

曾根崎は挑《いど》みかかるような顔で一歩前に出た。

「もっともらしい嘘《うそ》を申すな。さては賊の仲間だな。踏み込む邪魔をするために嘘を並べておるのであろう！」

「中に三島屋《みしまや》の女将がいらっしゃるはずだ。わたしは逃げも隠れもせぬ。捕らえるのは、確かめてからにされよ」

「三島屋の女将が、西ノ丸様ご寵愛の女人と申すか」

「いかにも」

小五郎は、目の前に西ノ丸様がおわすとは言わずに、一歩も引かぬ。

すると曾根崎は、小五郎から目を離さず配下に命じる。

「誰ぞ、自身番に預けておる寺の者に問うてこい」

応じた一人の配下が走り去り、そのあいだ、小五郎と曾根崎は睨み合ったままだ。

程なくして配下が戻ってきた。

「寺小姓に問いましたところ、確かに、三島屋の女将がいるそうです」

報告するも、曾根崎は小五郎を見る目を変えぬ。

「だとしても、西ノ丸様がご寵愛される女人だという証《あかし》はない。そちの女房ではないのか」

「ここは、信じていただくしかない」

小五郎は頭を下げた。

探るように見ていた曾根崎に、先ほどの配下が心配そうな顔で歩み寄り、耳打ちした。

「西ノ丸様がご寵愛されるおなごの家に通うておられることは、噂《うわさ》で耳にしたことがございます。このあたりは浜屋敷《はまやしき》に近いですし、この者も、ただの町人には見えませぬが」

信頼する配下なのだろう。曾根崎はごくりと喉を鳴らさんばかりに嚥下《えんげ》し、小五郎に引きつった笑みを浮かべた。

「人質のためにも、ここは、踏み込むのはやめまする」

急に穏やかな口調で言う曾根崎に、小五郎は安堵《あんど》の息を吐いた。

「難儀をしておられるご様子。微力ながら、手を貸しましょう」

「いや、それには及びませぬ」

即座に断る曾根崎に、小五郎は問う。

「策はおありか」

曾根崎は厳しい顔を山門に向けた。

「まずは、賊が賢隆和尚に何をしようとしているのか確かめます。この聖楽寺は、ご存じのとおりお上の庇護《ひご》厚く、賢隆和尚は桂昌院様の信頼も厚いお方。今は踏み込みませぬが、賊の狙い次第では、西ノ丸様の思し召《おぼめ》しよりも、賢隆和尚をお守りせねばなりませぬ。そのこと、西ノ丸様にお伝えくだされ」

桂昌院が絡んでいるとなると、小五郎は何も言えぬ。

すると曾根崎は、一瞬だが、唇に陰険な色を浮かべた。

そして小五郎が見ている前で山門に歩み寄り、声を張り上げた。

「賊どもに問う！　おのれらの狙いはなんじゃ！　賢隆和尚に恨みでもあるのか！」

すると中から、

「賢隆が来れば話す！」

曾根崎に負けぬ大声の答えが返ってきた。

「わけを聞かねば、連れてくるわけにはいかぬぞ！」

曾根崎が言い返すとしばし沈黙し、

「ならば、おぬしの配下をもう一人斬るまでじゃ」

門扉のすぐ近くで声がし、下の隙間《すきま》から、血のついた刀身が出された。

曾根崎は、戸惑った様子で言い返す。

「実を言うと、我らは和尚の居場所を知らぬのだ」

「ならば捜せ、急がねば配下が死ぬ」

言葉と共に刀身が下げられた。

「待て、待ってくれ」

曾根崎が声をかけても、返事はしなくなった。

焦る曾根崎は、配下に賢隆を捜せと大声で命じ、何人かが走り去る。

左近は憂い、小五郎に目配せをして門前から退《しりぞ》いた。

商家のあいだの路地から現れたかえでを伴《ともな》って歩き、武家屋敷の漆喰壁に挟まれた人気《ひとけ》のない道で立ち止まる。

「賊の狙いを知るためには、賢隆和尚を知るのが早いかもしれぬが、宿坊のお披露目という座におらぬは妙だと思わぬか」

左近は二人にそう投げかけた。

するとかえでが、神妙な顔で言う。

「先ほど、寺の者が預けられている自身番に行く役人を追いましたところ、お琴様のことに加え、賢隆和尚の行方を確かめておりました」

「寺の者は、なんと答えた」

「賊が宿坊に押し入った際、賢隆和尚は一人で本堂にいたはずだと。その後の行方を知らぬようでした」

かえでの言葉を受け、小五郎が左近に言う。

「和尚はまだ中におられ、どこかに隠れているかもしれませぬから、わたしが忍び込んでみます」

「お待ちを」

かえでが止めた。

「賊は油断なく見張りをしております。見つかれば火をかけられる恐れがあります」

「お前は確かめに入ったではないか。おれを役人と一緒にするな」

不服そうな小五郎に、かえでは首を横に振った。

「わたしも、出る時に見つかってしまったのです。見張りがより厳しくなっていると思われます」

「ではよそう」

左近が二人を順に見て言い、命じた。

「賊は何か恨みがあっての所業かもしれぬ。賢隆のことを探ってくれ。おれは寺の裏手で見守る」

応じた小五郎とかえでは、寺の評判を集めに走り去った。

左近は寺の裏手に歩みながら、賢隆は中にいるのだろうかと考えていた。

寺の外は、寺社方に加え、応援に駆り出された町方の役人も隙間なく囲み、賊に逃げ場はない。

役人たちは、寺社方の若侍が捕まったことを知っているだけに緊張した面持ちをしており、路地には誰も近づけぬ。

左近は商家や武家屋敷が並ぶ道を大回りして寺の裏手に行き、裏門を固める寺社方を遠巻きにしている野次馬たちの中から、様子を探った。

火除《ひよ》けのために植えられた銀杏《いちょう》が、裏門の屋根の先に見える。本堂は裏手に近いはずだと思い来てみたが、青々とした葉をつけた枝が人の目を遮《さえぎ》り、建物の屋根さえ見えぬ。裏手には武家屋敷が並んでいるため、門前の通りからしか、うかがい見ることはできなかった。

お琴とおよねは、さぞ不安であろう。

そう思った左近は、手が出せぬ今の状況をどうするか考えながら、寺を見ていた。

五

本堂にいる人質たちは、賊が出してくれた塩むすびを食べていた。

お琴もおよねから渡されたが、食べる気になれず、持ったまま見つめている。

一口食べて気づいたおよねが、心配そうな顔をする。

「おかみさん、気分が悪いんですか」

お琴は微笑んで首を振り、口に運んだ。

須弥壇から離れた場所で、頭目と手下が二人で話している。

時々、人質を気にするように見てくる手下の立ち姿はまだ若いように思え、どこか落ち着きがない。

切れ切れに聞こえてくる言葉から察すると、寺を役人に囲まれ、逃げ場がないことを心配しているようだ。

それに対し頭目は落ち着いた様子で、肩をたたいて何か言い、なだめているふうに見える。

手下が頭を下げると、頭目はうなずき、本堂から出ていった。

見張りに戻った手下は、それ以後はお琴たちを見ようとせずあぐらをかき、出入り口を守っている。

塩むすびをひとつ食べ終えたお琴は、水を飲んだ。

役人が捕らえられるのを見て以来、男たちは口数が減っている。

おくみや女たちは、男たちに増してしゃべらず、皆不安そうだ。

お琴はおよねと二人で、女たちを励《はげ》まし続けた。

これに対して賊は何も言わず、黙って見張っている。

食事を終えた商家の男たちの中には、疲れた様子で頭を垂れ、うとうとしはじめる者もいれば、店のことを心配して、苛立ちを隠さぬ者もいる。

特に苛立った様子の八国堂のあるじは、隣にいる吉兵衛にぼやいた。

「うちの奉公人たちは目を光らせてないとすぐ怠《なま》けるから、ちゃんと店を開けているか心配ですよ」

すると吉兵衛は眉間に皺を寄せる。

「あるじがこんな目に遭っている時に、いつもと変わらず商売をする奉公人のほうがどうかしていると思いますよ。菓子だって、お前さんが味を見なきゃいけないんだろうし」

「そりゃそうだけど、うちは小さい店だから、休んでいたんじゃたちまちおまんまが食えなくなっちまう。困ったことになったよ、まったくもう」

貧乏揺すりをする八国堂は、首を伸ばすようにして賊を見ている。

外障子が開けられ、賊の頭目が入ってきた。

すると八国堂は立ち上がった。

「ちょっとよろしいですか」

止める吉兵衛の手を振り払い、頭目に言う。

「何が目当てでこんなことするのか知りませんが、こちとら、いいとばっちりだ。空を見てご覧なさい、もう二日目が終わろうとしている。手前《こ》のような小商《あきな》いの者は、毎日商売をしないと店が潰れるんです。明日もここで過ごせとおっしゃるのは、これはもう死ねと言われるのと一緒でございますから、帰していただけませんかね」

息継ぎもせずに一気にまくし立てた八国堂の横で、吉兵衛は青い顔をしている。

頭目が須弥壇に向かってくる。

お琴と手を繋《つな》いでいた村田屋のおくみは、にぎる力を込めてきた。

八国堂は恐れているようだが、立ったまま頭目を見ている。

油が畳に染みて色が黒ずんでいる手前で止まった頭目は、覆面に手をかけた。

八国堂が慌てて止める。

「取らないでください。顔を見たら、生きて出られなくなる」

それでも頭目は、覆面にしている布の結び目を解いた。

八国堂が手で目を隠し、他の者も顔を背《そむ》ける中、お琴は顔を見た。

歳は六十を過ぎているだろうか。

貫禄《かんろく》はあるものの、八国堂を見る目は優しく、盗賊をする人物には見えない。

「迷惑をかけてすまぬが、今しばらく辛抱してくれ」

頭を下げられたことで、指のあいだから見ていた八国堂は、あんぐりと口を開けた。

「殺さないっていう意味かい」

頭目は頭を下げたままだ。

お琴は、頭目が下手《したて》に出ていると八国堂が勘違いしないか心配になったが、案の定、八国堂は強気な表情になり、頭目を指差した。

「あんた、いい歳して何やってるんだ。人の迷惑というものを考えなさいよ。こっちは真面目に働いて、奉公人たちも食わせているんだ。こんなところに何日もいる暇《ひま》はない。わたしだけでも帰してくれ」

吉兵衛が驚いた顔を向ける。

「八国堂さんあんた、わたしたちはどうなってもいいって言うのかい」

八国堂はばつが悪そうな顔をしたが、

「あんたのところは大店《おおだな》だから、少々休んでもなんともないでしょう」

そう突っぱね、頭目に言う。

「頼む、帰らせてくれ」

「出せば寺社方が中の様子を知ることになるからだめだ」

「わたしは口が堅い。訊かれても言わないよ。な、頼む、頼みます」

八国堂が手を合わせて拝《おが》むも、頭目は何も言わず、背を向けた。

「待ってくれ」

八国堂が追いすがろうとした時、頭目は抜刀した。こちらを向きはしないものの、ぎらりと不気味な刀身を右手に提《さ》げてみせる。

「そこを動くな」

顔を見せずとも、背中だけで気迫を感じさせる。

息を呑んだ八国堂は、足を引いて後ずさり、おとなしく元の場所に座った。

吉兵衛が人格を疑う顔を向けると、八国堂は背中を丸め、

「すまない」

ぼそりとあやまった。

刀を鞘《さや》に納《おさ》めた頭目は、一人の手下に休めと言い、本堂から送り出した。

入れ替わりに来た手下は、頭目が顔を露《あら》わにしているのに驚き、お琴たちを見て、頭目に何か言っている。

頭目が何か告げると、手下は納得したようにうなずき、見張りの位置に立った。

ふたたび覆面を着けた頭目は、本堂から出て、外障子を閉めた。

宿坊のほうへ歩む影を見ていた八国堂が、がっくりと頭を垂れて言う。

「人は見かけによらぬものとはよく言ったものだ。あの爺さんは、優しそうな顔をしているけど腹ん中は真っ黒の悪党だ。わたしたちは、生きて出られないかもしれないな」

人質たちのあいだに、重苦しい空気が漂った。自分だけ帰ろうとした八国堂に、あからさまに冷たい眼差しをぶつける者もいる。

殺されるかもしれない恐怖の中で、八国堂は信用を失ったのだ。そのことに気づいていないのか、それとも、人の気持ちなどどうでもいいと思っているのか、自分の店のことを心配する言葉を並べ続けている。

命が惜しいのは誰だって一緒だ。

頭目の厳しい態度を見たおよねは、顔から余裕が消え、うつむいて黙り込んでしまった。

お琴はおよねの手をにぎり、

「きっと大丈夫」

小声で励ました。

およねは微笑んだものの、手は震えていた。

六

評判を集めたかえでが左近のもとへ戻ったのは、日が西に傾《かたむ》きはじめた頃だった。

裏門の周りには、鉢巻《はちま》きと防具を着けた捕り方と、騒ぎを知って集まった町の者たちが増えている。

耳目を気にした左近は小五郎を待って、恵比須様が祀られた祠まで戻った。

二人を待つあいだ、裏門を見守る町の者たちの声を耳にした限りでは、賢隆は行事がない時は子供たちに読み書きを教え、町の大人たちからも慕《した》われている。

寺に賊が押し入り、人質を取って立て籠《こ》もっていると知った町の者たちが駆けつけ、その場にいる役人の頭《かしら》に一刻も早く助けてくれと願い、帰ろうとしないのだ。

寺の周囲の評判を集めたかえでの報告も、左近が耳にしていたこととほぼ同じで、悪い噂はないという。

だが、小五郎の調べは違っていた。

幕府の厚い庇護を受ける聖楽寺は人々から信用があり、多くの商家が財を預けている。火事や盗賊から財を守るため、家の金を寺に預けるのは今にはじまったことではなく、大店になるほどそうしている。聖楽寺も町の者に頼られ、多くの財を預かっているという。

そこまで報告した小五郎は、表情を厳しくして言う。

「しかしそのいっぽうでは、密かに高利貸しをしているという噂もございます。金を借りた者とは会えてはおりませぬが、命を絶った者もいるとの声がありました。預かった金を元手に金を貸す話は珍しくありませぬが、高利となると、あくどいことをしているかもしれませぬ。押し入ったのは、賢隆和尚に恨みがある者たちではないでしょうか」

賊どもが賢隆を引き渡すよう望んでいるのを思うと、小五郎の言うこともうなずける。

左近は表門が見えるところまで行き、二人に言う。

「賊の狙いがどうであれ、長引けば自棄《やけ》になって火をつけるかもしれぬ。そうなる前に、なんとしても皆を助けなければならぬが、何かよい手はないものか」

見張りが厳しく、周囲に油がまかれた中にお琴たちが囚われていては、いかに小五郎とかえでが優《すぐ》れていようと、迂闊に手を出せぬ。

山門を見ていた小五郎が、左近に顔を向けた。

「賊の目当てが賢隆和尚ならば、引き渡して気を取られている時が、狙い目かと」

小五郎ならばそれも可能だと思う左近だが、肝心《かんじん》の賢隆の行方がわからぬ今は、どうすることもできぬ。

「夜中に、本堂を急襲させてください」

願う小五郎に、かえでが不安をぶつけた。

「ひとつ間違えば、本堂が火に包まれます」

「しかし、このままでは同じことだ」

「いや、かえでの言うとおりだ。捕り方が囲む中で、気づかれずに忍び込むのは難しい。鐘楼《しょうろう》を見よ」

左近は山門の右側を指差した。

西日が当たる鐘楼は土塀のすぐ近くにあるのだが、その屋根のてっぺんから、顔だけ出して外の様子を見ている者がいる。

覆面を着けたその者は、寺を囲む捕り方の動きを見ているのだ。

左近は小五郎に言う。

「裏手にも、屋根から見張る者がいた。夜通し火を絶やさぬ本堂の周囲を気づかれず近づくのは、難しいと思わぬか」

小五郎は悔しそうな顔で鐘楼を見ている。

「おっしゃるとおり、上からの監視の目があるのは厳しいかと。寺は出城《でじろ》になるとは、よう言うたものです」

左近はうなずく。

「今は、賢隆和尚の行方を捜すしかない」

そう言うと、小五郎は心配そうな顔をした。

「外に出ていれば見つけられましょうが、中のどこかに隠れていれば、どうにもなりませぬ」

「そのことだ。水もなければ、身がもたぬ」

「まずは、外に出たのを見た者がおらぬか、町の者に当たってみます」

「頼む」

小五郎とかえでが行こうとした時、

「旦那！　左近の旦那！」

大声がしたので見ると、権八が町の者をかき分けてきた。

「やっぱり来てらっしゃいましたか。とんでもねぇ野郎どもをやっつけて、お琴ちゃんとかかあを助けてくださいさい。あっしもお供しやす」

鉢巻き姿の権八は、大工仕事に使う金槌《かなづち》を帯に差し、右手には心張《しんば》り棒《ぼう》を持っている。左手に持っている桶《おけ》は、何に使うのか。

小五郎の配下が家でおとなしくしているよう伝えておいたはずだが、一夜明けても戻らぬため、痺《しび》れを切らして駆けつけたようだ。

「権八、気持ちはわかるが中には入れぬ」

「どうしてです。左近の旦那だったら、賊なんざぱぱっとやっつけられるでしょう。見ていろ賊どもめ、お琴ちゃんとかかあを人質に取るなんざ、ふてぇ野郎だ」

怒りにまかせて、心張り棒を振るいながら言う権八であるが、手元が狂い、自分の額《ひたい》に当てて呻いた。

「権八、落ち着いて聞け」

左近が状況を話してやると、呑み込んだ権八は目に涙を浮かべた。

「お琴ちゃんとかかあは、不安でたまらないでしょうね。旦那、何かいい手はないんですかい。かかあに何かあったら、あっしは生きていけやせんや」

「悪いほうに考えるな。必ず助ける」

「どうやってです」

落ち着きなく問う権八に、左近はこれといった策を言えぬ。

「今は、賊が求めている賢隆和尚を捜すのが先だ。小五郎、かえで、頼む」

「はは」

二人が行こうとした時、権八が声をあげた。

「門前が騒がしくなりやした」

言われるまでもなく耳に届いていた左近は、小五郎たちを止め、見守る町の者たちに歩み寄る。

「何がはじまるのだ」

中年の男に問うと、心配そうな顔を向けてきた。

「いよいよ押し込むそうです。賊は本堂に火をつけると脅してきてるってぇのに、でぇじょうぶでしょうかね」

「冗談じゃねえや」

焦って役人に物言おうとする権八の腕を引いて止めた左近は、小五郎を見た。

心得た顔で小さくうなずいた小五郎は、町の者たちに分け入り、山門へ向かう。

正面に陣取っている曾根崎は、集めた配下に指図をしていた。その曾根崎の傍《かたわ》らには、色鮮《あざ》やかな紫に金の鳳凰《ほうおう》が刺繍《ししゅう》された七条袈裟《しちじょうげさ》を着けた四十代の僧と、五条袈裟《ごじょうげさ》を着けた二十代の、背の高い僧がいる。

七条袈裟は、葬儀法要の他にも、寺の新築や改築などを祝う場で身に着ける物でもあるため、かえでは左近に、賢隆和尚ではないかと小声で訴えた。

左近はうなずき、小五郎を見守った。

小五郎が門前に近づくと、気づいた曾根崎が神妙に頭を下げた。

「曾根崎殿、押し入るとはまことか」

問う小五郎に、曾根崎は渋い顔で言う。

「いえ、まだ決めたわけでは」

「迷うまでもない。押し入るのは無謀だ。鐘楼の見張りが見えていないのか」

小五郎が案じる見張りは、外の動きをいち早く察知し、身を乗り出して警戒を強めている。

鐘楼を見上げる曾根崎は、賊に苛立ちを隠さぬ。

「忌々《いまいま》しい。矢で射落としてやりたいですな」

小五郎が言う。

「見張りを排除しても、門を破っているあいだに火をつけられるぞ」

「おっしゃるとおり。何かよい手はないものか」

「曾根崎殿、早うされよ」

急《せ》かすのは、七条袈裟の僧だ。

曾根崎が小五郎に助けを求める顔で言う。

「早う捕らえろと、うるさく言われるのです」

小五郎は僧に厳しい顔を向けた。

「そなた様は、賢隆殿か」

年上の僧は、町人の身なりをしている小五郎を、怪訝《けげん》そうにじろじろ見てきた。精悍《せいかん》な面持ちをした若い僧は、穏やかな目を向けている。

年上の僧が、苛立ったように言う。

「拙僧を知らぬとは、檀家ではないな。関わりなき者は下がりなさい」

曾根崎が慌てた。

「賢隆和尚、このお方は西ノ丸様のご家来です」

賢隆は動揺の色を浮かべたが、それは一瞬のこと。

「賊を捕らえる邪魔をされては困りますぞ」

迷惑そうに言われた小五郎は、ぐっと睨みつけた。

「人質がどうなってもよいと言われるか」

「そうは言うておりませぬ。曾根崎殿は優れたお方ですから、客人にかすり傷ひとつ負わせずに、助け出してくださいます。のう、曾根崎殿」

「い、いや、その……」

「できますな」

「はい」

曾根崎はまるで、賢隆に弱みをにぎられているかのごとく言いなりだ。幕府に厚く庇護され、桂昌院の覚えめでたい賢隆の威厳のなせるわざか。

小五郎は臆することなく、賢隆と向き合った。

「祝いの行事をしておられたそなた様が、何ゆえ外におられる」

皮肉を交えた問いにも動じぬ賢隆は、薄笑いさえ浮かべて言う。

「本堂で務めをしていた時に賊が押し入ってきたものですから、この弟子に腕を引っ張られて外へ出たのです」

「この騒ぎの中、今までどこにおられた」

問う小五郎に、賢隆は悪びれもせず言う。

「たまたま門前にいた檀家のあるじに助けを求めたところ、賊に見つからぬよう匿《かくま》ってくれたのです」

「祝いに集まった者たちを置いて、いの一番に逃げたのみならず、この騒ぎを隠れて見ていたとおっしゃるか」

小五郎が責めるように言うと、賢隆は困り顔をした。

「身を守る術を知らぬ我らに、どうしろとおっしゃいます」

「賊の目当ては和尚、そなた様と聞いている。逃げなければ、罪のない者が人質にされずにすんだのだ」

賢隆は動揺し、震えた。それが演技か本気か、小五郎には見抜けぬ。

「恐ろしいことをおっしゃる。

「そうは言うておらぬ」

「いいや、そうおっしゃったも同じことですぞ。万が一拙僧が殺されれば、格別にご贔屓《ひいき》くださる桂昌院様が悲しまれると思い逃げたというのに、死ねとおっしゃいますか」

小五郎は引かぬ。

「己の身が可愛かっただけにござろう」

「無礼な。拙僧は仏に仕える身。世の安寧を願い、民を思うておる。何より、上様のご母堂様を悲しませてはならぬと思う一心である。そのように言われるのは不愉快じゃ」

言葉を並べる賢隆の剣幕を、山門の上から見ている者がいる。

いち早く気づいた左近が見ていると、相手も左近に気づいて姿を消した。

程なく、山門右手側の潜《くぐ》り戸《ど》が開けられ、人が転げ出てきた。

捕り方たちが騒然となって見守る中、その者は立ち上がり、よろよろと門前に歩んだかと思えば、横向きに倒れた。

「新谷《しんたに》！」

誰かが叫んだことで、曾根崎はようやく、功を焦って勝手に侵入した若い配下だとわかったらしく、同輩に助け起こされようとしていた新谷に駆け寄った。

「新谷、生きておったか」

「ご家老、申しわけありませぬ」

苦しそうな声で詫びる新谷に、曾根崎はうなずく。

「他の二人は殺されたのか」

「いえ、囚われております」

新谷は痛みに襲われ、顔を歪《ゆが》めて呻いた。

着物の両肩をはずしている新谷の胸と背中には、無数の刀傷がある。見るからに痛々しいが、傷は浅いようで、命に関わるほどではない。

新谷は悔しそうな顔を賢隆に向け、曾根崎に訴える。

「賊の頭目が、和尚を中に入れなければ、人質を殺して本堂に火をかけると言うております」

するとと賢隆が愕然《がくぜん》とし、新谷に歩み寄る。

「今なんと申した、火をかけるじゃと」

新谷はうなずく。

「先ほど、捕らえられた同輩と寺の者を小屋に押し込んで油をかけ、町の者たちを集めている須弥壇の周りにまいている油の量を増やしております」

「脅しではないのか」

問う曾根崎に、新谷は首を振った。

「奴らは本気です。こちらの動きがばれております。一人たりとも踏み込めば火をつけると言うて、それがしを送り出しました」

賢隆は大口を開けて驚き、曾根崎につかみかかる勢いで言う。

「押し込むのはやめじゃ。捕り方を門前から下げなされ。奴らを興奮させてはなりませぬぞ」

曾根崎はうなずき、中に聞こえる大声で、捕り方に下がれと命じた。

捕り方たちが山門とのあいだを空け、賢隆に注目している。

曾根崎は、痛みに耐えている新谷に言う。

「辛かろうが教えてくれ。賊は、和尚をどうすると言うておった」

「詳しいことは申しませぬが、深い恨みがあるようです。恨むわけは、和尚の口からご家老に言うていただくそうです」

曾根崎はうなずき、新谷の手当てをしてやれと配下に命じる。

頭を下げて行く新谷を見送った曾根崎は、賢隆に顔を向けた。

「思い当たることがおありですか」

すると和尚は、怯《おび》えた顔で言う。

「拙僧を突き出す気ではあるまいな」

「問うたことにお答えを」

「知らん。賊は、寺を囲まれておるから、いかにも拙僧が悪いように言うて、逃げる策を練っておるに違いない。そんな奴らが言うことを信じてはなりませぬぞ。早う捕らえなされ」

「押し込むなとおっしゃったのは和尚ですぞ」

「そこをなんとかするのが、寺社方の役目ではないか。貴殿では話にならぬ。お奉行は何をしておられるのだ」

「それがしが一任されております」

「役に立たぬではないか」

「まあそうおっしゃらずに」

曾根崎は落ち着いている。

「配下が申しましたとおり、人質の命がかかっておりますから、無理はできませぬ。ここは、賊の求めに応じて話をしてみるのもよろしいかと」

賢隆は青筋を立てて怒った。

「馬鹿を申せ。たかが町人と拙僧の命、どちらが大事か」

曾根崎は軽蔑《けいべつ》の眼差しを向けた。

「御仏《みほとけ》に仕えるお方の言葉とは思えませぬが」

「桂昌院様ご寵愛の拙僧が、殺されてもよいと言われるか」

「まだ殺されると決まったわけではありますまい。それに、火をつけられますぞ」

「それだけはいかん」

「何か訴えることがあってのことかもしれませぬ」

そう言う曾根崎を、賢隆は睨みつけた。

「貴殿は、賊の逃げ口上を信じておるのか」

「信じてはおりませぬが、このままでは中におる者が危ういゆえ、応じてみようと申し上げているのです」

「行けば殺されるに決まっておる」

応じようとしない賢隆に、曾根崎は天を仰《あお》いだ。

「では、おれと共に中に入ろう」

左近が歩みを進めて言うと、曾根崎が舌打ちをした。

「またおぬしか。大切な人を案ずる気持ちはわかるが、口を出すなと言うたであろう」

面倒そうに歩み寄り、胸を押して下がらせようとした曾根崎の手を小五郎がつかんで止め、左近を守って立った。

その厳しい眼差しに、曾根崎ははっとした。

「もしや……」

「曾根崎殿」

左近が、その先を言わせぬために言葉を被せ、小五郎を下がらせる。

「よろしいか、曾根崎殿」

目を見据えて言う左近に、曾根崎は息を呑む。

そして戸惑った曾根崎は、

「何かあれば、それがしの首だけではすみませぬ」

恐れた声音《こわね》で、暗に綱豊の身を案じるも、左近は引かぬ。

「誰も死なせはせぬ。入れてくれ」

曾根崎は考え、覚悟を決めた顔を左近に向けて顎《あご》を引き、山門に向かって大声をあげた。

「賢隆和尚を入れる条件として、それがしと、人質の縁者一人の同道を受け入れよ」

「許す！」

返答を受けた左近は、賢隆を見た。

「和尚に手は出させぬ。恐れずついてまいれ」

何者かと探る顔をする賢隆に、左近は会ったこともなければ、名も知らなかった。

桂昌院が広く寺社を庇護しているのは周知のことだが、いったいどれほどの公金が流れているのか、想像もつかぬ。

動こうとしない賢隆に、左近が言う。

「どうした、賊の求めに応じなければ、火をつけられるぞ」

「おぬしは、いったい何者だ」

「いずれわかる。潔白《けっぱく》ならば、恐れることはあるまい」

賢隆は目を泳がせた。

「拙僧の弟子、隆宗《りゅうそう》も同道させてほしい。それならば入る」

左近が曾根崎を見る。

応じた曾根崎が賊に追加を願い、許された。

左近は、賢隆と隆宗を連れて山門に歩んだ。

潜り戸が開けられたが、賊は姿を見せぬ。

「刀を置いて入れ」

中からの声に従い、宝刀安綱と脇差を小五郎に預けた左近は、手出しをするなと命じた。同じく大小を配下に預けた曾根崎に続いて入り、迎える賊を警戒して、賢隆を待った。

入ってきた賢隆は、隆宗から離れず、恐れた顔をしている。

「こちらへ」

丁重《ていちょう》な賊の案内に従い、左近たちは境内を歩いて本堂へ向かう。

潜り戸が閉められると、寺の周囲は静まり返った。囲む捕り方たちは皆、不安そうな顔をしている。

小五郎とかえでは左近を案じながらも命令に従い、権八と山門の前から動かなかった。

七

鐘楼の屋根からこちらを見ている賊がいる。

本堂まで続く石畳を歩いている左近は、鐘楼から別の建物に繋がる屋根付きの廊下に顔を向けた。そこにいる二人の賊が、賢隆を見て何かを語り合っている。

前を歩む案内の者に続く左近は、覆面の布を結んでいる後ろ頭から踵《かかと》まで目を走らせ、高齢ではないかと見て取った。

この者たちは、いったい何がしたいのか。

推測しつつ歩くうちに、本堂の石段に差しかかった。

戸が閉められている本堂の中をうかがい見ることはできぬ。

石段を上がると、本堂の右側から賊が現れ、その後ろに続く者が正面に立つと、案内をした者が、左近たちに振り向き、

「ここに並んでひざまずけ」

と、石段の下を示した。

曾根崎が、無礼者と言いかけるのを左近が止め、賢隆の腕を引いて座らせ、石畳に両膝をついた。隆宗もそれにならい、賢隆の横でひざまずく。

正面に立った頭目と思しき賊は覆面を着けたまま、陣笠と防具を着けている曾根崎をじっと見つめていたが、賢隆を指差した。応じた手下が言う。

「和尚、己がこれまでしたことを、そこにおる寺社方に白状せよ。さもなくば、本堂を焼き尽くす」

「拙僧は、責められるようなことはしておらぬ」

賢隆が反論すると、本堂の戸を開けて出てきた手下が、棒の先端に巻いた布を篝火に当てて火をつけた。

それを持って本堂に入ろうとする手下に、賢隆は大声をあげた。

「待ってくれ」

手下が止まると、賢隆は曾根崎に助けを求め、袖を引く。

「なんとかされよ。拙僧は何も悪いことはしておらぬ。言いがかりじゃ」

曾根崎はうなずき、頭目を見上げた。

「おぬしらは、いったい何者だ。まずは名を聞かせてくれ」

するとは頭目は、

「小石川《こいしかわ》に暮らす、ただの隠居じゃよ」

と、穏やかに言った。

これに対し曾根崎は、厳しく臨《のぞ》む。

「和尚の悪事を暴くのが、寺に押し入った理由だと申すか」

「いかにも」

「和尚が悪で、おのれらが善人だと申すなら、顔を見せたらどうだ」

曾根崎が厳しく言うと、頭目は布を取った。

顔を見た曾根崎は絶句し、動揺を隠せぬ様子。

勘の鋭い左近が、

「知った者か」

そう問うと、曾根崎はためらった様子で、下を向いて何も言おうとしない。

左近が頭目を見ると、ちらと目を合わせた頭目は、賢隆に厳しい顔を向けた。

「ここに押し入った者は皆、和尚のせいで改易《かいえき》となり、自害した息子の父親や、娘婿を喪《うしな》った者、父を喪った者ばかりじゃ。これまで和尚がしてきた悪事を、忘れたとは言わせぬ。この場で寺社方に白状し、罰を受けよ。さもなくば、火をかける」

賢隆は曾根崎を気にして、頭目に訴えた。

「何かの間違いじゃ。拙僧は、悪いことなどしておらぬ」

「どうしても、そう言い張るか」

「誤解をされては困る。どなたのことを言うておるのか知らぬが、武家の改易などに、拙僧は関わっておらぬ」

するとと頭目は、残念そうな息を吐き、本堂に入った。そして、人質になっている者たちの縄を解かせ、皆に頭を下げた。

「長々と、辛い目に遭わせた。このとおりじゃ。そなた様たちのおかげで、悪僧が戻ってきた。気をつけて帰りなさい」

手下が板を敷き、来るよう促す。

商家のあるじや女たちは我先にと板を渡り、本堂から出た。

お琴とおよねも出てきたが、お琴は何かに気づいて振り向き、およねに一言声をかけて本堂に戻ろうとした。

石段を駆け上がった左近が、お琴の腕を引く。

「いかがした」

「お京さんが残っているのです」

言われて左近が本堂の中を見ると、お京は神妙な顔でお琴に頭を下げた。そして、頭目にうなずき、手下の男から松明《たいまつ》を受け取った。

「お、おい、何をする」

慌てて、足がもつれそうになりながら本堂に入った賢隆に、お京は恨みに満ちた顔を向ける。

「おとっつぁんを殺したこと、正直におっしゃい」

「知らん、拙僧は知らん」

「嘘よ！　悪事を認めないなら、火をつけるから」

目に涙を溜《た》めて叫ぶお京に、賢隆は態度を一変させ、指差した。

「そなたが、賊を手引きしたのか」

「そうよ。和尚に恨みを持っている人たちに、わたしが声をかけた。みんなあんたのせいで身内を喪った人たちばかりよ。やったことを言いなさいよ、早く！」

松明を持って叫ぶお京に、賢隆は眉根を寄せて言う。

「逆恨《さかうら》みはやめなさい。そもそも、拙僧を利用したのはお京さん、そなたの父親だ。拙僧は悪くない」

「まだそんなことを……」

お京は辛そうに目を閉じ、油に火を向ける。

「待て！」

叫んだ賢隆が、両膝をついた。

「やったのは拙僧ではない、今の総代だ。頼むから、罰当《ばちあ》たりなことはやめてくれ、このとおりじゃ」

手を合わせて懇願《こんがん》する賢隆に、お京は唇を嚙《か》んだ。

今の総代とは、難を逃れて外へ出ていた三松屋蓮右衛門だとお琴から聞いた左近は、賢隆に言う。

「ここにおらぬ者のせいにするのか」

すると賢隆は、左近を見もせず膝を進め、お京の前で手を合わせる。

弟子の隆宗もそれにならい、お京に平身低頭《へいしんていとう》して、火をつけないよう願った。

曾根崎がお京を守って立ち、左近に言う。

「三松屋を呼んで確かめましょう」

その一瞬の隙を突いたのは、隆宗だ。

平身低頭の姿勢から足を出して、曾根崎の足首を蹴り払った。

足をすくわれる形となり、腰から落ちる曾根崎を飛び越えた隆宗が、お京に迫る。

その前に立ちはだかったのは、頭目だ。

隆宗は身構え、五条袈裟に隠し持っていた小太刀《こだち》を抜いた。

頭目は目を細める。

「おぬし、仏に仕える者ではあるまい。お京さんの父親を事故に見せかけて殺《あや》めたのは、おぬしか」

「知らぬな。おれは和尚に恩がある。それゆえ、おぬしを倒す」

左近が助けに行こうとすると、頭目は手で制した。

その隙を逃さぬ隆宗が斬りかかる。

横に一閃《いっせん》された小太刀を、頭目は下がってかわし、抜刀しざまに、隆宗が打ち下ろす二の太刀を受け流した。

大刀を右手に提げる頭目に隙はなく、対する隆宗は、余裕のない顔をしている。

「やめておけ」

頭目が言うと、賢隆が怒鳴った。

「隆宗、何をしておる。さっさと斬らぬか」

隆宗は目を横に向け、すぐに頭目を睨む。そして気合をかけ、小太刀を振りかざした。

斬りかかる一刀をかい潜った頭目は、空振りして振り向いた隆宗の喉に、ぴたりと切っ先を突きつける。

止めようとした左近の前に曾根崎が現れ、首を横に振ってみせた。

その曾根崎の背後で頭目が刀を振るい、隆宗の額を峰打ちして昏倒《こんとう》させた。

頼りの弟子が倒されるのを目《ま》の当たりにした賢隆は、恨みに満ちた顔をお京に向けて迫った。その手には、刃物がにぎられていた。

「親子でわしの邪魔をしおって。許さぬ」

頭目が気づいて助けようにも、離れていて間に合わぬ。

曾根崎が賢隆を追って肩をつかむと、振り向きざまに一閃された刃物が、曾根崎の腕を傷つけた。

賢隆はお京に向き、血走った目で叫ぶ。

「死ね！」

刃物をにぎり、振り上げた右手に、葵《あおい》の御紋《ごもん》がきらりと光る小柄《こづか》が刺さった。

呻いて刃物を落とした賢隆が、痛みに歪めた顔を左近に向けた。

「おのれ……」

手首を押さえ、なおもお京に迫ろうとする賢隆。

お京は賢隆に松明を向けた。

手首に刺さった小柄を抜いた賢隆が、お京に向かって刃物を振り上げた時、追った曾根崎が防具に隠し持っていた刃物で腰を刺した。

激痛に悲鳴をあげた賢隆が、うつ伏せに倒れて苦しみもがいた。

曾根崎が、息を呑んで見ているお京に叫ぶ。

「これで気がすんだか！」

お京ははっとして、曾根崎を見た。

「気がすんだら、松明をよこせ！」

お京は見る間に目に涙を浮かべ、頬を濡らした。

「よこせ！」

曾根崎がふたたび声をあげると、お京はやっと松明を渡した。

曾根崎は松明を外に投げ、気を失った賢隆を横目に頭目の前に行くと、神妙に頭を下げた。

左近が誰かと問うと、曾根崎は向き合って言う。

「我が剣の師、春川監物《はるかわけんもつ》先生です。先生、こちらのお方は……」

言いかけて、曾根崎は目を見開く。

左近が振り向けば、身を起こした賢隆が須弥壇によろよろと歩み、

「誰にも渡さぬ、渡してなるものか」

言いながら、本尊にしがみついた。

険しい顔をした春川が駆け寄り、鎮座《ちんざ》している仏像を睨む。そして片手を立てて拝むなり抜刀して振り上げ、気合をかけて打ち下ろした。

悲鳴をあげた賢隆の目の前で、あぐらをかいている仏像の足が切断された。すると、中に隠されていた小判が、切り口から大量に落ちてきた。

賢隆は愕然とし、

「わしのじゃ、誰にも渡してなるものか」

仏像から流れ落ちる小判を抱き、醜態《しゆうたい》をさらしている。

曾根崎が左近に言う。

「和尚の傷は浅うございます。この者の処罰は、我らにおまかせください」

「うむ」

曾根崎は頭を下げ、賢隆を捕らえた。

春川は小柄を拾い、血を拭《ぬぐ》って左近に差し出した。

「もしや、西ノ丸様ですか」

葵の御紋を見て察したのであろう。

左近は答えずに問う。

「小判が仏像に隠されているのを知っておったのか」

すると春川はうなずき、お京を見て言う。

「お京さんの父親は、それを知ってしまい殺されたのです。それがしは悪事を暴くために、賢隆に恨みを持つ者と徒党を組み、このような騒ぎを起こしました。お咎めは、覚悟のうえにござる」

大小を鞘ごと抜いて座し、前に揃えて左近に平伏した。

それにならい、手下たちも覆面を取り、刀を置いて平伏する。

左近は、人を苦しめる悪を暴いた春川に敬意をはらって頭を下げ、お琴とおよねを連れて山門から出た。

控えていた寺社方に、曾根崎を手伝ってやれと言うと、配下の者たちは左近に頭を下げ、山門から駆け込んだ。

　権八がおよねに駆け寄り、手を取った。

「よかった、生きた心地がしなかったぞ」

「お前さん、あたしとおかみさんは、左近様が来てくださると信じていたから、ちっとも怖くなかったよ」

「馬鹿野郎、おれだって信じていたさ。信じていたけどよう」

「ほらほら、人が見ているから泣かないの。みっともないよ」

　眉毛をへの字にした顔を涙と洟水《はなみず》でぐしゃぐしゃにしている権八に、左近は笑った。そして、お琴と目顔で無事を喜び、

「さ、帰ろう」

　権八の背中をたたいて言い、皆で家路についた。


　この数日後、西ノ丸の居室にいた左近のところに又兵衛がやってきて、賢隆が悪事をすべて認めたことを教えた。

　お京の父親は、賢隆の指示を受けた三松屋が酒に誘い、酔った帰りに隆宗が海に突き落としていたのだ。

又兵衛は厳しい顔で、さらに言う。

「押し入った者たちは皆、賢隆に苦しめられて命を絶った者の家族や、金の融通を断ったのを逆恨みして陥《おとしい》れられ、改易にされた勘定方《かんじようかた》の父親でございました」

「春川監物殿は、その者たちの恨みを晴らすために、騒動を起こしたのか」

「はい。道場の家主は杉田屋だそうで、その縁もあり、賢隆の悪事を探っていたそうです」

「押し入った者たちはどう処される」

「賢隆の悪事を暴いたのですから、称賛《しようさん》されてもよいものですが、徒党を組んで寺に押し入り、お琴様をはじめ、罪なき者たちを人質にしたことは許されず、皆、江戸払《えどばら》いを申し渡されるようです」

左近は脇息《きようそく》に左手を置き、寛大な処置に安堵した。そして、疑念が浮かんだ。

「勘定方の者を陥れたと申すが、賢隆一人では改易にはできまい。背後に誰がおる」

「そ、それは、調べておりませぬ」

「賢隆はまさに、寺社を庇護し、多額の金を融通する今の世が生んだ金の亡者かもしれぬ」

　そう嘆《なげ》かずにはいられない。

　又兵衛は案じる顔をした。

「殿、こたびのことには、深入りなされませぬように」

「それは、勘定方を逆恨みした賢隆の訴えを桂昌院様が真《ま》に受けられたことで、改易にされたからか」

　又兵衛は、額に浮かぶ汗を拭った。

「刺客のこともあります」

「余は、桂昌院様が関わっておられるとは思うておらぬ。だが、賢隆のように、寺社を庇護されるご意向を利用し、私腹を肥やそうとする輩《やから》がおることは確かだ」

「それがしも、桂昌院様が命じておられるとは考えとうないのですが、殿の御身《おんみ》が大事。桂昌院様のご意向を利用しようとする周りの者が、殿を亡き者にせんとたくらむのを避けるためにも、深入りされてはなりませぬ」

　左近が又兵衛の忠告を聞き入れた、まさにその時、大奥では、桂昌院が配下の者から耳打ちをされていた。

左近が賢隆を寺の中に連れて入ったことを知った桂昌院は、
「またしても、綱豊殿か」
不機嫌に言ったものの、それのみ。望んだのは、賢隆に厳しい罰をくだすこと
と、仏像の修繕だった。

第二話　終焉《しゅうえん》の剣

一

「お琴のことは、心配いらぬ。怖い思いをしたが、聖楽寺に押し入った者たちは善人であったゆえ、こころの傷にもなっておらぬようだ。昨日も、楽しそうに商売をしておった」

左近が向き合って聖楽寺のことを告げたのは、お琴の義兄《あに》の、岩城泰徳《いわきやすのり》だ。

泰徳は、頭目《とうもく》として罰を受けた春川監物とは旧知の仲だった。

江戸払《えどばら》いの罰で道場を閉めることが門人《もんじん》から泰徳の耳に入り、訪ねてきた左近に、

「自分のことより人を大事にされる立派な道場主が江戸を去られて、寂しい思いをしていた。久々に、相手をしてくれ」

そう告げて、剣の手合わせを願うてきたのだった。

まずは泰徳と剣術を競《きそ》い、いい汗をかいた。

共に汗を拭《ふ》き、こざっぱりしたところで、妻のお滝《たき》から井戸水で冷やした酒をすすめられ、薄塩と甘酢《あまず》で味を調《ととの》えられた瓜《うり》を肴《さかな》に酌《く》み交《か》わしつつ、実は、と、お琴がそこにいたことを話した。

泰徳は、口に運んでいた杯《さかずき》を止めたまま耳を傾《かたむ》けていたが、お琴が元気そうだと知って安堵《あんど》し、酒を飲んだ。

「それは、とんだ災難だったな」

うなずいた左近は、不細工に曲がった形がいい味を出している陶《とう》の酒器《しゅき》を取り、泰徳に酌《しやく》をした。

酌み返す泰徳の右の小手が、赤くなっている。

「痛むか」

止めるつもりがわずかに当ててしまった左近が気遣《きづか》うと、泰徳は、そんなことを言うな、という面持《おもも》ちで笑った。

「近頃おぬしは、また腕を上げたな。西ノ丸には、いい稽古《けいこ》相手がいるようだ。前から思うておったのだが、葵一刀流《あおいいっとうりゅう》の師は別として、敵《かな》わぬと思う者がこれまでにいたことはあるのか」

「泰徳がそうだ」

「冗談はよせ。いないのだな」

酌を受けた左近は、酒を飲む手を止めた。ふと、思い出したのだ。

それは、左近がまだ十六歳の頃のこと。

手を止めたまま考え込む左近に、泰徳がいぶかしむ。

「いかがした」

「いや」

左近は酒を飲み干し、杯を置いた。

「すまぬが、今日は帰る」

「どうしたのだ、いきなり」

「また来る」

左近は打ち明けずに泰徳の屋敷を辞し、急ぎ西ノ丸へ戻った。

そして、居室で又兵衛と向き合い、刺客の探索は無用だと告げた。

急なことに加え、その理由を言わぬ左近に、又兵衛は困惑した面持ちで問う。

「何者か、わかったのでございますか」

「まだはっきりしたわけではないが、余《よ》を襲うたのは、桂昌院様の手の者ではないと思う」

「それは、思い当たる者がいるということですな。誰です、そのけしからぬ者は」

左近は言うべきか迷った。

又兵衛と並んでいる間部《まなべ》が、左近の気持ちを察して、なおも問おうとする又兵衛に控えるよう促《うなが》す。

だが、又兵衛は聞かずに続ける。

「刺客が桂昌院様の手の者でないことは喜ばしいことですが、このままでは、またいつ襲われるかわかりませぬ。殿、思い当たる者がおればお教えください。我らが必ずや、捕らえてみせまする」

左近は二人の顔を順に見て、

「襲うた者が思い違いでなければ、厄介《やっかい》なことになるかもしれぬ」

と、こぼす。

「それほどに、強い相手なのですか」

深刻な顔で訊《き》く間部に、

「このまま捨ておけぬ」

とだけ告げ、二人を下がらせようとしたが、又兵衛は応じぬ。

「殿、何者かだけでも、お教えくだされ」

「よいから、もう下がれ」

「しかし……」

「又兵衛殿」

左近の憂《うれ》いを察した間部は、又兵衛を促し、部屋から出ていった。

一人になった左近は、考えをめぐらせた。


翌日は、朝から気が重くなる暑さだった。

ほとんど眠らず、ある思いを胸に秘めつつ、朝餉《あさげ》を軽くすませた。

小姓に月代《さかやき》を整えてもらい、着替えをすませた時、間部が書類を手に現れた。

頭を下げようとして、左近の身なりをいぶかしむ。

「殿、本日は先月の大雨で傷《いた》んだ信玄堤《しんげんづつみ》の修復について、裁可《さいか》をいただくお約束ですが」

「すませておる」

左近に促された小姓が、文机《ふづくえ》から書類を取って間部に渡した。

確かめた間部が、安堵した顔をする。

「確かに。これで、国の民が安心しましょう」

「修復を急がせよ」

「はは。では次に……」

別件の書類を出そうとする間部であったが、居住まいを正して、顔色をうかがう目を向ける。

「お出かけになるおつもりでしたか」

「うむ」

「どちらに」

返答次第では行かせぬ、という態度の間部は、刺客のことを案じているのだ。

「行けばわかる。今日は供をいたせ」

間部は意外そうな顔をした。

「よろしいのですか」

左近はうなずき、間部の着物を指差す。

「その身なりでは目立つ。着流しにしてまいれ」

「はは、しばしお待ちを」

立ち去ろうとした間部は、振り向いた。

「この隙《すき》に出られるおつもりでは」

左近は笑った。

「早う着替えてこい」

応じて下がった間部は急いだらしく、左近が茶を一杯飲む間も与えず戻ってきた。

だが、部屋に姿はない。

「やられた」

紺地《こんじ》に白小紋《しろこもん》の着物を着流している間部は、顔をしかめて庭に下り、西ノ丸大《おお》手門《てもん》へ左近を追った。

頭を下げる門番に問う。

「殿はどちらに行かれた」

門番は、外桜田御門のほうへ向かわれたと答える。

間部は堀端の道を急ぎ、外桜田御門まで追った。だが、藤色の着物を着流して歩む姿はどこにも見当たらない。

先へ進む間部を物陰から見ていた左近は、西ノ丸下を引き返し、神田橋御門《かんだばしごもん》から市中へ出ると、まず根津《ねづ》へ向かう。

西ノ丸に入るまで暮らしていた甲府藩邸前を素通りし、下駒込村《しもこまごめむら》を流れる小川沿いの道を進み、畑の中にある一軒家を訪ねた。

茅葺《かやぶ》きの家は農家ではなく、当時は剣客が暮らしていたのだが、今は空き家となり、屋根に草が生《は》えている。

左近が刺客と思うその者は、かつてこの家に暮らしていた剣客に、剣術を仕込まれていた男。

数カ月前と過去にも一度剣を交《まじ》えておきながら、命を狙う者と決めつけてかかり、目が曇っていたのだ。

「源四郎《げんしろう》、なぜ名乗らぬ」

家の前でそうこぼした左近は、また剣の修行に出たのだろうかと思いつつ、中に入ってみる。すると、外見とは違い中は掃除され、畳は古いが、家は死んでいない。確かに、人が暮らしている気配がある。

源四郎がここで暮らしているのだろうか。

しかしそのいっぽうで、剣を交えた男の顔は、源四郎には見えなかった。

左近は記憶を辿《たど》りつつ、厳しい修行を重ねる旅のせいで、人相が変わることもあるはずとも思う。

源四郎と最後に会ったのは十六歳の時。あの頃は、生き生きとした顔をして、目を希望に輝かせていた。身体も大きく、ふくよかな顔をしていたが、旅に出ると言って、別れのあいさつに来てくれた時の顔と、剣を交えた男の顔を重ね合わそうとしても、記憶は曖昧《あいまい》だった。

ここに暮らしていた剣客の春嶽《しゅんがく》と、新見の養父《ちち》正信《まさのぶ》が懇意《こんい》だった縁で、たまに左近も訪ねていた。葵一刀流の修行中だった左近は、春嶽の誘いもあり、源四郎と庭で剣の手合わせをしていた。

春嶽は、諸国を旅して各地の剣豪と勝負し、己の剣術を編《あ》み出していた達人。だが、我流にすぎぬと言い、剣術の名もつけず、道場も構えぬ。

そのような春嶽と正信が何ゆえ懇意だったのか、左近は教えてもらえぬまま死に別れていた。

そんな春嶽の身の回りの世話をしていたのが、若かりし頃の源四郎だったのだ。

春嶽がこの世を去って程なく、源四郎は師にならい、剣術修行の旅に出た。以来一度も会うことがなかった左近は、年月が経《た》つと共に忘れていたのだ。しかし思い出してみれば、やや右に傾斜《けいしゃ》した癖のある構えと、春嶽から伝授された太刀《たち》筋《すじ》は、間違いないはず。

源四郎だとするなら、何ゆえ襲ってきたのか。

そのわけを知りたい左近は、書いていた手紙を囲炉裏《いろり》部屋の上《あ》がり框《かまち》に置き、家から出た。

戸口に立ち、庭を見回す。剣術の手合わせをしていた当時の庭は手入れが行き届き、草一本生えていなかった。今は、出入り口の草が刈られてはいるものの、土が見えぬほど生え、立派だった松は立ち枯れ、周囲にすすきが群生《ぐんせい》している。

そのすすきから音がして、葉が揺れた。何かと思い見ていると、鼠《ねずみ》をくわえた狐《きつね》が現れ、家の裏手にある林に向けて走り去った。

町から離れた場所だけに、狐もおろう。

左近は驚きもせず、家を見上げた。

源四郎ならば、手紙に応じてくれるはず。

再会を期待し、その場から去った。

西ノ丸に帰る左近の後ろ姿を林の中から見ているのは、左近を襲った男。

瘦《や》せた男は、立ち止まって振り向く左近に見つからぬよう、笹《ささ》の葉に身を隠す。葉のあいだから道を見ると、左近は歩みを進めていた。

男は、姿が見えなくなるまで潜《ひそ》み、家に帰った。

瓶《かめ》の水を柄杓《ひしゃく》ですくって飲み、大きな息を吐いた。唇《くちびる》を袖《そで》で拭《ぬぐ》って囲炉裏部屋に上がろうとした男は、上がり框に置かれていた手紙を見つけて、さっそく開いてみる。

(源四郎殿、そなたならば、会《お》うて話したい。是非にも、西ノ丸を訪ねてくれ)

男は、寂しそうな眼差しで己の刀を見つめた。

しばらくその場に立ちすくんでいたが、刀を鞘《さや》ごと抜いて部屋に上がり、囲炉裏端に座して文《ふみ》を読み返した。

哀愁《あいしゅう》を帯《お》びた面持ちは、左近を襲った時とはまったく違う。

長い息を吐いた男はうつむき、歯を食いしばり、顔を歪《ゆが》めた。

二

五日が過ぎても、左近を訪ねる者はいなかった。

すでに江戸を離れたのか。

そう思いつつも、置いてきた手紙が読まれたか気になった左近は、筆を止め、藩の政務を共にしている間部に顔を向けた。

「明日は、ちと出かける」

書類から顔を上げた間部が、はい、と応じる。

行き先を訊かないのは、先日置き去りにしたことを詫《わ》び、源四郎のことを話したからだ。

翌朝、左近はまだ暗いうちに西ノ丸をくだった。源四郎が出かける前に、家を訪ねようとしたのだ。

西ノ丸大手門まで見送った間部は、左近が離れたところで、目を離さず小声で、

「頼みます」

そう告げた。

背後から現れたのは、小五郎だ。

左近が手紙を置いてきたことを知っている間部は、密《ひそ》かに小五郎を呼び、左近を守るよう手配していた。

神田橋御門を出た左近は、町中を歩み、根津の藩邸前まで来たところで足を止

めた。

「小五郎、ついてくるな」

小五郎がいれば、源四郎が出てこないと思うからだ。

夜が明けたばかりの表門前の道には、人の姿はない。

左近は向かいの大名屋敷の、土塀《どべい》の先を見ている。すると、姿を見せた小五郎が、小走りに来て片膝《かたひざ》をついた。

「間部に呼ばれたか」

「はい」

左近は微笑《ほほえ》んだ。

「どうりで、あっさり出してくれたはずだ」

「殿、おそれながら申し上げます。相手は、殿より剣に勝《まさ》っているように見えました」

はっきり言う小五郎に、左近はうなずく。

「あの者が、おれが思う男ならば、小五郎が申すとおりだ。おれは一度も、勝ったことがなかったからな」

「源四郎殿のことは、間部殿から聞きました。誰であろうと、殿のお命を狙うたのですから、お一人にするわけにはまいりませぬ」

左近はふたたび微笑んだ。

「死にはせぬ。勝ったことはないが、負けたこともないのだ」

「しかし……」

「よいから、煮売り屋に戻れ」

忠臣の小五郎はあるじの命に従い、見送った。

左近は一人で下駒込村に向かい、春嶽の家に着いた。表の戸はすべて閉められている。戸口に立って中の様子を探るも、気配はしない。

戸に手をかけてみると、戸締まりはされていなかった。

ゆっくり開け、中を確かめる。薄暗い土間を奥に進み、囲炉裏部屋に行くと、誰もいないが置き手紙はなかった。炊事場《すいじば》を見ると、先日と同じ位置に食器が置かれている。洗って間がないらしく、まだ水がついているのは、先ほどまでここにいた証《あかし》。

相手が源四郎ならば、左近が近づいただけで気配を察していたはず。

近くにいると思った左近は、追って裏から出た。茄子畑《なすばたけ》の先にある林に目を向ける。確かあの林には、町に抜けられる小道があるはず。

記憶を呼び戻しつつ茄子畑の道を進んだ左近は、林の小道を見つけて迷わず入った。日が当たらぬ道は薄暗く涼しい。雑木の下に笹が群生し、その笹を分けて道が続いている。

左右の笹は人の背丈《せたけ》の半分ほどの高さで、身を隠せる。道幅も狭く、奇襲をかけられる恐れがある。

左近はあたりに気を配り、油断なく進む。

木漏れ日《こもれび》が道に雑木の葉の模様を描き、見上げれば、枝葉と空の青が美しい。

左近は目を細めつつも、意識は林に向け、耳を澄《す》ませている。

風もなく、林は静かだ。虫が飛ぶ羽音に目を向けると、大《おお》すずめ蜂《ばち》が視界を横切り、林の中に飛んでいった。

先へ進もうとした左近の耳に、人が苦しむ声が聞こえたのはその時だった。

声は道の先からしている。左近が歩みはじめてすぐ、聞こえなくなった。

油断なく進んでいると、先が明るくなった。林の出口だ。そしてその出口には、倒れた男を懸命に揺する女がいる。

道を歩く左近に気づいて顔を上げた女は、十代前半と思《おぼ》しき娘。左近の姿を認めると、怯《おび》えたように立ち上がった。

左近が近づくと、娘は男を守るように立ち、必死の形相《ぎようそう》をしている。

仰向《あおむ》けに倒れている男は間違いなく、左近を襲った男だった。胸は上下し、息をしているようだが、意識はない様子だ。

「怪《あや》しい者ではない」

左近はそう言って娘を下がらせようとしたが、両手を広げて近づけようとしない。誰かに襲われたのだろうか。

「なぜ倒れた」

問うても、娘はかぶりを振るばかりだ。

左近は娘の目を見た。もしやと思い、自分の耳に手を当てて示す。

娘はうなずいた。耳が聞こえないのだ。

左近は安心させるために微笑んでみせた。しかし娘は、警戒を解かない。

敵意がないことを示すため離れると、娘はふたたび男の身体を揺すり、目をさまさせようとした。

だが男は、まったく動かぬ。

見守る左近に振り向いた娘は、不安そうな顔をしている。助けを願っているのが見て取れた左近は、うなずいて近づき、源四郎と思う男の様子を見た。

顔をよく見れば、別れた時からずいぶん痩せているものの、源四郎の面影《おもかげ》が残っている。そのいっぽうで間違いないのは、二度も襲ってきた男だということ。

娘が左近の袖を引くので見ると、道の先を指差して、背負う真似《まね》をしてみせた。助けてくれと言っているのだ。

応じた左近は、男の腰から大小を抜いて娘に持たせ、背負った。

刀を抱えた娘が招くまま、何者かもはっきりわからぬ刺客を背負い林から出る。

娘は、林から少し歩いた場所にある農家に案内し、表の戸を開けて、手振りで入れと言う。

赤い小袖《こそで》に水色の帯を巻いた娘は農家の子には見えないのだが、左近は従い、あとに続いて土間に入った。

「ごめん」

声をかけたが、家の中から応じる声はない。

耳が聞こえぬ娘は振り向かず、草履《ぞうり》を飛ばすように脱いで座敷に上がり、左近にも上がれと手招きする。

左近は言われるまま上がり、娘が敷いた布団に男を下ろし、仰向けに寝かせた。

娘は水を入れた桶《おけ》と手拭《てぬぐ》いを持ってきて、男の額《ひたい》に当てて介抱《かいほう》した。

その手際のよさは、前から男を知っているように思えた。

「家の者は」

左近が訊いても、娘は首をかしげる。

字で伝えるべく、書く真似をすると、娘は理解した面持ちとなり、紙と筆を取りに行こうと立ち上がった。

「どなたですか」

不意にした女の声に顔を向けると、土間に二十代と思しき女がいて、警戒の目を向けている。

小袖姿は野良仕事をする身なりではなく、町の者に見える女は、娘に表情と手振りで何かを伝えた。

娘は素直に応じて、左近から離れて女のもとへ行く。そして女を見上げ、手振りで何かを伝える。

事情を知った女は、左近に驚いた顔を向け、頭を下げた。

「妹が助けを求めたそうで、お世話になりました」

「当然のことをしたまでだ」

左近は立ち上がり、男を見おろした。

「道端に倒れていたのを背負ってきた。この者の家族か」

娘を土間に残して座敷に上がってきた女は、男のそばに座った。

「お知り合いのように聞こえますが、どういったご縁がおありですか」

逆に探ってくる女に、左近は向き合って座した。

「林の反対側にある古い家に旧知の者を訪ねたのだが、この者は、あの家に住んでおるのか」

「旧知の仲とおっしゃるなら、顔を見ればおわかりでしょう」

「面影があるが、十六の時別れたきり二十年ぶりに訪ねたゆえ、顔をはっきり覚えておらぬのだ。名は、浅川《あさかわ》源四郎というのだが」

「わたしも、よくは知らないのです」

女はつっけんどんに言うと、意識がない男の介抱をはじめた。

知っていてはぐらかしているのか見抜けない左近は、問い詰めずに訊く。

「この者は病《やまい》なのか」

額の手拭いを取った女は、熱を確かめ、左近とは目を合わせずに言う。

「お医者様に診《み》てもらうようすすめても、自分の身体はようわかっているとおっしゃって拒《こば》まれます」

「慣れた様子だが、気を失うのはいつものことなのか」

女は首を振った。

「苦しまれることはありましたが、意識を失われたのは、初めて見ました」

「では、気を失っている今のうちに、医者を呼んではどうか」

女ははっとして立とうとしたが、思いなおして座り、左近を見てきた。

どうやら、男を残して留守にするのは不安のようだ。

左近はそう察して立ち上がる。

「おれが呼んでこよう」

「よろしいのですか」

「構わぬ」

女は安堵した顔をして、娘に手振りで伝えた。すると娘は、雪駄《せった》をつっかける
左近に歩み寄って袖を引き、自分と外を順に指差した。

医者に案内すると言っているのか。

すると女が来て、娘の腕を引いて自分のほうに向かせると、手振りで何か伝え

た。

　娘は応じず、左近の腕を引く。

「だめよ！」

　女は声に出し、娘の腕を強く引いた。

　その厳しい言いぐさに左近は違和感を覚えたが、口には出さぬ。

　名乗らぬ自分を警戒しているのだろうと思った左近は、

「おれにまかせてくれ。いい医者を連れてくる」

　そう言って家から出ると、見送る娘に微笑み、道を急いだ。

三

　左近が向かったのは、上野北大門町《うえのきただいもんちょう》だ。

　頼りにするのは甲府藩の奥医師、西川東洋《にしかわとうよう》。

　東洋は、弟子の木田正才《きだしょうさい》とおたえに診療所をまかせ、一人で七軒町《しちけんちょう》に落ち着いていたが、闇将軍《の》の一件で立ち退きを迫られ、最近まで浜屋敷にいた。

　患者を診ることもなく、海が望める屋敷で楽隠居のような暮らしをしていたのだが、医術の知識を眠らせるのは惜しいと言う正才に望まれて、北大門町の家に戻った。今は、正才を手伝って町の患者を診ながら、三人で親子のように暮らしている。

左近が訪ねてみると、患者は正才が診ており、東洋は来客中だった。

おたえは気さくに、

「来客と言っても、これですから」

碁《ご》を打つ真似をして、上がってくれと言う。

「すまんが急ぐ。これへ呼んでくれぬか」

「どなたかご病気ですか」

「おそらく」

おたえは神妙に応じて、東洋を呼びに行った。

戸口で待っていると、程なくして、東洋と、四十代と思しき男が出てきた。その後ろには、若い娘がいる。

左近が耳目《じもく》を気にして人気《ひとけ》がない庭に入ると、東洋がついてきた。

「いかがなされました」

「邪魔をしてすまぬ。ちと、診てもらいたい者がいる」

「承知しました。おたえ、薬箱を頼む」

声に応じたおたえが戸口から入り、四十代の男と娘が、左近に頭を下げる。

「東洋先生、わたしどもはこれで」

「宗庵《そうあん》殿、待たれよ」

東洋が手招きし、宗庵と呼ばれた男と娘が歩み寄ると、左近に紹介した。

「この者は、わたしが仲ようしている医者と娘です。宗庵殿、こちらは新見左近殿じゃ」

すると宗庵は、親しみを込めた顔で頭を下げた。娘は、恥ずかしそうに頭を下げる。

左近は二人に微笑んだ。

「邪魔をしてすまぬ」

父親が首を横に振り、穏やかに言う。

「太田《おおた》宗庵と申します。あなた様のお名前は、東洋先生から時々耳にしておりました」

左近は東洋を見た。身分を明かしているのかと思ったがそうではないようで、宗庵は、

「困っている者を助けられる奇特《きとく》なお方とうかがっております」

そう続けた。

左近が謙遜《けんそん》していると、宗庵はさらに言う。

「今も察するに、困っている者のために動かれておいでのご様子。いやまったく、先生から聞いて想像していたとおりの、好人物ぶりが顔に出ていらっしゃる。のう、おこん」

「はい」

笑みを浮かべる娘を見た宗庵が、左近に言う。

「これは、娘のこんです。以後、お見知りおきを」

「うむ」

笑顔で応じる左近に、東洋が言う。

「武家の奉公先を紹介してくれと、頼まれましてな」

「そうか」

左近が答えるなり、宗庵が割って入った。

「娘は今年十六になりましたが、どうも男勝《おとこまさ》りなところがございますもので、嫁入り前に武家奉公をさせて作法を身につけさせたいと思いまして、東洋先生に相談に上がった次第です」

左近はうなずき、おこんに微笑む。

「よい奉公先があればよいな」

おこんは恥ずかしそうにうつむき、はいと答えた。

「先生、お待たせしました」

おたえが薬箱を持ってきた。

「わたしもお供します」

「いや、正才一人では手が足りまい。わし一人でよい」

「では、わたしがお供しましょう」

買って出た宗庵は、おたえから薬箱を受け取り、おこんに持たせた。

左近は恐縮した。

「それでは悪い。東洋殿だけでよい」

「まあ、そう遠慮なさらずに。どうせ今日は暇《ひま》ですし、娘も慣れておりますから」

止めても聞きそうにない。源四郎と思われる男も、女と娘の前では刀を抜くまい。

そう思った左近は、時を惜しんで同道を許した。

来た道を急いで下駒込村に戻り、畑のほとりの道を歩んでいると、

「どけ！　どきやがれ！」

柄《がら》の悪そうな声が背後からした。

左近が振り向くと、やくざ風の男が先頭に立ち、奇抜《きばつ》などくろ柄の着物を端折《はしょ》って走ってきている。その後ろには人相が悪い男が一人と、二人の浪人が続いている。

狭い道だ。

薬箱を抱えているおこんは、怖がって身を縮めている。

左近は咄嗟《とっさ》に三人を道の端に寄らせ、守って立つ。

走ってきた男どもは、左近たちを威嚇《いかく》するように睨《にら》みながら通り過ぎてゆく。

「乱暴な奴らですな」

東洋が言うのに振り向いた左近は、まだ怯えた顔をしているおこんを気遣った。

「怖い思いをしたな。もう大丈夫だ」

おこんは安堵した笑みを浮かべ、こくりとうなずく。

ふたたび歩みを進め、農家の近くまで戻った時、すすきが群生する曲がり道の先から男の胴間声《どうまごえ》が響いてきた。

怒った女の声がそれに続き、何か言い争っている。

この先には、源四郎と思う男と姉妹がいる家があるのみ。

悪い予感がして道を曲がると、案の定、先ほど追い抜いていった男たちがいた。

二人の浪人とやくざたちが、姉妹を守って立つ男と対峙《たいじ》して言い争い、見ているあいだに、三十代と思しきやくざが刃物を抜いて男に向けた。

「ここで待て」

左近は皆を巻き込まぬよう残し、助けに向かった。だがその時、姉妹を守っていた男は、刃物で突き刺そうとしたやくざを竹棒一本で打ちのめした。

浪人の二人が抜刀《ばっとう》して斬りかかるも、男は見事に刀をかわし、竹棒で一人の背中を打ち、続けて二人目の腹を突き、てんで相手にせぬ様子。

呻《うめ》いて下がった浪人たちが、やくざを置いて逃げた。

慌《あわ》てたやくざの二人は、男が一歩出ただけで悲鳴をあげて逃げ、浪人たちを追う。

左近たちがいるほうへ逃げてきた浪人とやくざの四人組は、先ほどの威勢はすっかり消え失《う》せ、痛みに顔を歪めて走り去った。

やくざどもを撃退した男は、こちらを見ることなくよろけた。

駆け寄った姉妹たちに、大丈夫だという仕草をすると、林の小道を戻っていく。

左近は東洋たちを促し、道を急いだ。広い茄子畑の先にある家に到着すると、姉妹が気づき、こちらに向いた。

「今の連中は何者だ」

問う左近に、姉はためらいがちに答える。

「別れた男です。しつこく復縁を迫られていましたが、この家にあの人がいたから、逆上したんです」

姉は、男が去った林を心配そうに見た。

妹が左近の袖を引き、東洋たちを指差した。

「うむ。お医者様だ」

そう言ってうなずいてみせると、妹は袖を引いて林を指差し、行くよう促す。

姉が妹を止めて下がらせ、左近に言う。

「行っても無駄です。目をさまされた時、お医者様を呼びに行っていると言いましたが、いらぬとおっしゃいましたから」

耳が聞こえない妹が、必死の面持ちで姉の袖を引き、林を指差した。

姉が手振りで伝えると、妹はかぶりを振り、左近にすがる目を向けた。

応じた左近が、姉に言う。

「この子は、優しい子だ」

姉は嬉しそうな顔をした。

「ええ、ほんとうに優しい子です」

「怖い目に遭《あ》わせぬためにも、ここにいないほうがよいのではないか」

「妹がどこにも行きたがらないから。それに、痛い目に遭わされたから、もう来ないでしょう」

強気な姉に左近はそれ以上言わず、東洋たちを促して林の小道へ向かった。

妹が先に立ち、左近に振り向いて微笑む。

左近も微笑み、林の道を抜けて男の家に行った。すると、中から呻き声が聞こえてきた。

耳が聞こえない妹は気づいていない。

左近が表の戸を開けると、妹が先に入り、土間の奥へ走った。囲炉裏の部屋を見て驚いたように目を見開き、左近に顔を向けて、両手で必死に、早く来てくれと訴える。

左近が行くと、男は囲炉裏端でうずくまり、そのまま気を失っていた。涙を浮かべて懇願《こんがん》する妹に、左近は優しくうなずき、東洋を促す。

応じた東洋が上がり、宗庵とおこんが続く。

東洋と宗庵が男を仰向けにさせ、東洋が腹を触り、続いて足首などを調べた。脈を取る宗庵と顔を見合わせた東洋は、渋い顔をしている。

「悪いのか」

左近が問うと、東洋は男のそばに座っている妹を気にした。

「その子は耳が聞こえぬのだ」

左近がそう教えると、東洋はうなずき、神妙に言う。

「腹に水が溜《た》まりはじめています。足もむくんでおりますから、もう長くはないかと」

「誰だ」

男が、力のない声で言った。

そばにいる妹で左近が見えぬ男は起きようとしたが、妹が起こすまいと押さえつけている。

「わしらは医者じゃよ」

東洋が言うと、男は、

「そこにおるのは誰だ」

押さえている妹をどかせようとした。

左近は移動し、男に顔を見せた。

すると男は息を呑《の》んだものの、ふっと息を吐き、力を抜いて目をつむった。

「無様なところをお見せした」

「源四郎か」

左近が言うと、男は笑った。

「やはり、おわかりではなかったのですね」

「ずいぶん痩せた」

「おっしゃるとおり、痩せてしまいましたからな。人相が変わりました」

左近はそばに座し、厳しい顔で問う。

「源四郎、何ゆえおれの命を狙う」

東洋が愕然《がくぜん》とした顔で左近を見てきた。宗庵がおこんの手を引いて下がらせ、険しい顔を男に向けている。

眉間《みけん》に皺《しわ》を寄せて目を閉じ、痛みに耐えている様子の源四郎は、程なくして目を開けて、左近を見た。そして微笑む。

「一度目はずいぶん昔のこと、あの時は覆面にてご無礼いたしました。それがしだとわかってしまえば、あなた様はきっと、十六の時のように手加減なされる。そう思い、顔を隠して挑《いど》んだのです」

「おれは一度も、そなたに手加減をしたことはない」

「では、また引き分けましたか」

「そういうことだ。何ゆえあの時、名乗らずに去った」

「勝敗がつけば名乗るつもりでしたが、また次をお願いしたく、そのまま旅に出たのです。そしてようやく、納得がいく技を編み出しました。次こそはと思い、江戸に帰る途中に倒れてしまい、死病に取り憑《つ》かれたことがわかったのです」

「無理をして、江戸に戻ったのか」

源四郎は真顔でうなずいた。

「この世に未練があるとすれば、唯一勝てておらぬ左近様と、修行で得た技を競うこと。そう思い、戻りました」

天井に顔を向ける源四郎の様子に、左近は悟《さと》った。

「数カ月前の時は、おれに斬られようとしたのか」

「このような身体になってしまいましたから、どうせ死ぬなら、あなた様と勝負の果てにと願うておりましたが、楽になりそこねました」

「すまぬ、あの時は源四郎と気づけなかった」

「よいのです。何せ、このざまですから」

源四郎はそう言って笑い、心配そうに見ている妹の頭をなでた。

「正直に申しますと、あのあと、日を空けずに三度目の勝負を勝手にお願いするつもりで、ご城下に向かっておりました。ですが、腹におる憎い虫が騒ぎまして、林の道で倒れている時に、この子に助けられたのです。のう、おしの」

穏やかに、愛《いと》おしむ表情を見て、左近は察した。

「それで、生きてみようと思うたか」

源四郎は左近に、真剣な顔を向ける。

「姉妹は困っているようですから、この命が尽き果てるまで、力になってやろうと思うたのです」

「先ほど、そなたが男たちを追い払うのを見ていた。姉は、男はもう来ぬと言うていたが」

「そう願いたいものです」

東洋が口を挟んできた。

「お二人はいったい、どのようなご縁がおありで」

左近が言う。

「おれの養父《ちち》が懇意《こんい》にされていた剣客の弟子だ。二十年ぶりに、こうして語り合う」

「父上様とは、どちらの」

実父の甲府藩主綱重《つなしげ》か、それとも新見の養父かと問う東洋に、左近は小声で、新見のほうだと教えた。

納得した東洋が言う。

「先ほどの連中ですが、経験からして、ああいう輩《やから》はしつこいですぞ。姉妹と一緒に、引っ越されてはどうか。新見様、ここから遠く離れた神明前など、いかがですか」

「どこにも行きませんよ」

言いながら入ってきた姉は、鍋《なべ》を持っている。源四郎の食事を持ってきたのだろう。

東洋が言う。

「家を引き払えと言うのではないのだ。具合が悪いこの御仁《ごじん》にいらぬ心配をかけぬためにも、一時移ってはどうかな」

姉は不安そうな顔をして上がり、源四郎のそばに座った。

「先生、源四郎様は、どこがお悪いのですか」

東洋が答えようとしたが、源四郎が先に言う。

「お夏《なつ》さん、心配させたが、たいしたことじゃない。ちと、腹が痛いだけだ」

「でも、気を失うなんて」

「旅の疲れが今頃になって出たのだ。先生、そうでしたな」

源四郎に、言うな、という目顔を向けられた東洋は微笑む。

「まあ、そんなところだ」

話を合わせる東洋を、宗庵親子は驚いた顔で見ている。

左近は源四郎を案じて、お夏に投げかけずにはいられない。

「お夏さん、油断せず身を隠したらどうか。家はおれが世話をする」

お夏は不思議そうな顔をした。

「源四郎様といい、そちら様といい、わたしたちなんかのために、どうしてそこまで親身になってくださるんです」

「自分を卑《いや》しめるのはよくない。倒れていた源四郎を助けたそなたたち姉妹は、立派だ」

左近の言葉に、お夏は首を横に振る。

「お節介《せっかい》なだけです」

源四郎が言う。

「お夏さん、このお方は、わたしよりずっと頼りになる。お言葉に甘えてみてはどうか」

「源四郎様までそんなことを。いいんですよ、おしのが、生まれ育った家がいいと言いますし、どこに行ったって、あいつがその気になれば、すぐ見つかってしまいますから。それより、お粥《かゆ》を作ってきましたから、少しでも食べてください。痛みを和《やわ》らげるお薬も持ってきましたから」

粥の支度をするお夏に、東洋が問う。

「薬を見せてくれぬか」

「どこにでもある痛み止めですけど」

出された薬を見て、東洋はうなずく。

「これもよいが、もっとよいのがある。おこんさん」

応じたおこんが渡した箱から薬を選んだ東洋は、お夏に差し出した。

「今日からは朝と夜に一袋ずつ、これを飲ませてあげなさい。今から飲むといい」

お夏は素直に礼を言い、頭を下げた。

おしのが源四郎に粥を食べさせるのを見ていた左近は、お夏に顔を向けた。

「別れた男は、いい連中と付き合っていないようだな」

お夏は、不快そうな面持ちとなった。

「それをおっしゃるなら、あいつ、貞松《さだまつ》が悪の元ですよ。わたしは、悪い男に騙《だま》されました。飾り職人だと信じて疑わなかった時に一緒に暮らそうと誘われて、馬鹿だから浮かれて、おしのを連れてあいつの家に行ったんです。初めは幸せでしたよ。でも、一緒になって三月《みつき》が過ぎた頃に、人を騙して銭を奪うのを生業《なりわい》にしていることを知ったんです」

「それで離縁したのか」

お夏はうつむいた。

「祝言《しゅうげん》なんて挙げていませんから。人を騙した銭で、妹におまんまを食べさせていたかと思うと、もう悔しくて、あいつがいない時に逃げて、家に戻ったんです」

「すぐに来るとは思わなかったのか」

「ええ、あいつに粗末な家を見られるのが恥ずかしくて、教えていませんでしたから」

「でも見つかった」

左近の投げかけに、お夏は唇を嚙《か》んだ。

「蛇《へび》みたいな奴なんです」

「そういう男なら、また来るかもしれぬ。やはり家を世話するから、移ってはどうか」

「おしのが町をいやがりますから、離れる気はありません。それに、源四郎様が守ってくださいますし」

「源四郎は、ここで暮らしているのではないのか」

左近の問いに、源四郎が粥はもういいとおしのに手振りで伝え、顔を向けた。

「貞松のことを恐れていましたからしばらく泊まっていたのですが、来ないだろうと油断して、近頃はここに戻っておりました」

おしのが手振りで訴えた。

お夏が、源四郎に言う。

「今日からまた、家に来てほしいそうです」

おしのは源四郎の腕を引く。

左近は余命が短いことを教えようとしたが、源四郎から言うなと目顔で訴えられ、思いとどまった。

案じる左近に、源四郎が言う。

「痛い目に遭わせましたからしつこくしないと思いますが、もしまた来れば、次は容赦《ようしゃ》しません。捕らえて、役人に突き出してやります」

左近はうなずく。

「油断はせぬほうがいい。今夜あたり人を集めて、仕返しに来るかもしれぬから、明日の朝まで共におろう」

「いや、それはいけません。あなた様はお忙しい身ですから」

源四郎は左近の身分を口に出さぬが、恐縮して固辞《こじ》した。

その様子を見ていたお夏は、左近が身分ある者と察したらしく、源四郎と同じく、家に来ることを拒んだ。

東洋が心配したが、左近は源四郎の思いを尊重し、

「では、せめて家まで送ろう」

そう言って、薬が効いて動けるようになった源四郎を、お夏の家に連れていった。

帰り道、左近は、東洋の家に戻ると言った宗庵親子に礼を言い、東洋には、源四郎を診てやってくれと頼み、根津で別れた。

西ノ丸に帰る左近を見送った東洋は、おこんに甘い物を食べさせてやろうと、目についた甘味処《かんみどころ》に誘った。

小上がりに三人で座り、冷やし甘酒や黒蜜《くろみつ》のところてんなどを注文して一息ついていると、おこんが、隣に座る宗庵を気にして、何やら言いたそうにしている。

「おこんさん、どうした」

東洋が促すと、おこんはどうしようか迷った様子であったが、宗庵に顔を向けた。

「お父様、行儀見習いのことですけど」

宗庵は甘酒を飲むのをやめて顔を向けた。

「おお、どうした」

「お武家にご奉公するのでしたら、新見様のお屋敷に行きとうございます」

「いかん！」

急に大声をあげた東洋に、親子は揃《そろ》って驚いた。

宗庵がいぶかしむ。

「東洋先生、新見様はお優しく、娘の気持ちもようわかります。どうしていかんのですか」

「いや、いかんというわけではないが……」

「では、よろしいので？」

「いや、いかん」

「はあ？」

「つまりだな、武家奉公は、まだ早いのではないかと思うたわけだ」

「もう十六ですぞ。新見様に、何か不都合がおありなので」

左近の身分を明かす許しを得ておらぬ東洋は、頭をひねった。

「とにかく、今は待ちなさい。いずれ、いい家を世話する」

するとおこんが、目を輝かせた。

「では、その時は新見様でお願いします」

東洋は疑問に思う。

「何ゆえ、新見様がよいのだ」

「だって、お優しいでしょ。だからきっと、お屋敷奉公されている方々もお優しいはずですもの」

左近に惚《ほ》れたわけではないと知り、東洋は安堵した。

すると、宗庵が腕組みをして言う。

「新見様は確かにお優しいが、家柄を思うと、わたしはやはり、東洋先生が奥医師をなされている西ノ丸様がよいのだが。先生、いかがですか」

どちらも左近だと言いたい東洋であったが、

「まあ、焦《あせ》るな。そのうち、よい家を世話する」

そう濁《にご》し、ところてんをすすった。

おこんが身を乗り出す。

「おじ様、せめて新見様のお住まいを教えてください。またお話をしてみたいのです」

思いもしないことに、東洋はおこんをまじまじと見た。

「まさか、好いたのか」

「そういう気持ちじゃなくて、どのようなお人なのか知りたいと思っただけです。いけませんか」

「いかんとは言わぬが、相手もあることだしな。まあ、おいおいに」

するとおこんは残念そうな顔をしたが、黙って甘い物を食べはじめたので東洋は安堵し、ふたたびところてんをすすった。

四

西ノ丸に戻った左近は、源四郎のことを間部と又兵衛に話して聞かせた。

左近の命を狙う者ではなかったことに、間部と又兵衛は顔を見合わせて笑みを浮かべ、安堵した面持ちでうなずき合った。

間部が、案じる面持ちで左近に言う。

「殿、気がかりでしょうが、明日から三日間は、本丸へお渡りにならねばなりませぬ」

「うむ。そこで又兵衛、誰ぞ、源四郎を守りにやってくれ」

又兵衛が意外そうな顔をした。

「やくざ者が、また来ますか」

「念のためだ。源四郎を静かに養生《ようじょう》させてやりたい」

「承知しました。では、剣の腕が立ち心根が優しい早乙女《さおとめ》一蔵《いちぞう》が適任かと」

「よかろう。一蔵によろしく伝えてくれ」

「はは」

又兵衛は、さっそく一蔵を行かせるために下がった。

庭に出た左近は、一時降った雨に濡れた木々の緑が美しい景色を見つつ、気持ちは明日からのことに向いている。公式行事ではないことで、綱吉と行動を共にするのは稀《まれ》だ。

綱吉は、自ら講師となって旗本に儒学《じゅがく》を教示しているが、その場に同座するよう命じてきたのだ。

これは左近が、今の公儀に批判的な新井《あらい》白石《はくせき》に学んでいることに対する懸念《けねん》の表れではないか。

私塾に通うことを案じる又兵衛は、そう言う。

これに対し間部は、純粋に学問好きの綱吉が、己の姿勢を左近に知らしめようとしているのではないかと言う。

綱吉が姿勢を示すべき者は、飾り物の左近ではなく、密かに世継ぎと考えている娘婿《むすめむこ》、紀州の若殿綱教だ。

左近は庭を眺《なが》めながら、背後に控えている間部に言う。

「明日からのことは、又兵衛が申すことが正しいと思う」

すべて語らずとも左近の意を汲《く》む間部は、神妙な顔を向ける。

「白石殿は、忠告しても批判をやめませぬ。昨日、儒学の本を受け取りにまいりました時も、神社仏閣《じんじゃぶっかく》に多額の公金を費《つい》やすいっぽうで、民には我慢を強《し》いる今の世は間違っていると、塾生に熱く説《と》いておられました」

「白石らしいな」

「殿、笑いごとではすまされませぬ。又兵衛殿が申すことが正しいと思われるならば、明日からの三日は、殿にとって針の筵《むしろ》になるやもしれませぬ。将軍家から睨まれるのは殿だと白石殿に言いましても、殿も同じお考えだと申して、言うことを聞いてくれませぬ。一度殿から、声を小さくするよう言うていただきとうございます」

「口を閉じろとは、言わぬのだな」

左近がそう言って目を合わせると、間部は下を向いた。

「それがしも、心底では白石殿と同じ思いでございますから」

左近は笑った。

「案ずるな。白石は確かに政《まつりごと》を批判するが、将軍家に背《そむ》けとは説いておらぬ。世をよりよくしたいと望む姿勢は、上様も認めておられる」

「だと、よいのですが」

不安を拭えぬ様子の間部を尻目に、左近は、学問書に目を通しておくため居室に戻った。

又兵衛から左近の憂いを伝えられた早乙女一蔵は、西ノ丸をくだり、お夏の家に向かった。

到着したのは、日暮れ時だ。

声かけに応じて出てきたお夏は、紋付《もんつき》の羽織《はおり》に皺のない袴《はかま》を着け、折り目正しく、

「殿の命にて、方々をお守りするためにまいった」

来訪の理由を語る一蔵に、戸惑いを隠せぬ様子だが、迷惑そうではない。

だが、小さな家のどこにいてもらおうか迷っている様子で、中と外を順に見て、

「どうしましょう」

と独りごち、慌てている。

一蔵は黙って待つしかない。

すると、土間の横手の板の間に、源四郎が出てきた。

頭を下げる一蔵に、源四郎も頭を下げ、神妙な面持ちで言う。

「左近様のお気持ちは嬉しいが、無用ゆえ、お引き取りくだされ」

「いや、しかし……」

「家の者に気を遣わせとうないのだ。病人の気持ちを汲んでいただきたい。さ、お夏さん中へ」

お夏は源四郎に振り向き、一蔵に申しわけなさそうな顔で頭を下げると、戸を閉めた。

穏やかな気性の一蔵は、無理に母屋《おもや》へ居座ることもせず、敷地を見回す。そして右側にある納屋《なや》に歩み、竹格子《たけごうし》から中を見た。

整頓されている中に居場所を見つけた一蔵は、

「ここでよいか」

そう独りごち、板戸を開けて入った。

積まれた木箱の埃《ほこり》を払って腰かけ、格子窓から外を見れば、先ほど己がいた表の戸口は目の前だ。

一蔵は頬杖《ほおづえ》をついてくつろぎ、警固《けいご》についた。

やがて外が薄暗くなり、納屋の中は見えなくなってきた。

このまま朝までいるつもりの一蔵は、格子窓から匂ってきた煮炊《にた》きの香りに食欲をそそられ、持参していた塩むすびで腹ごしらえをしようと、置いていた弁当を膝に載せた。

包みが固く結ばれていたため、なかなか解けない。

支度をしてくれた侍女《じじょ》の顔を思い出しながら、がさつな彼女らしいと微笑みつつ解いていると、外で足音がした。手を止めて格子窓から見ると、薄暗い中、お夏が来ていた。

一蔵は弁当を置いて、板戸を開けた。

「すまぬ。帰るわけにはいかず、勝手に使わせてもろうている」

お夏は一度目を合わせ、すぐにうつむいた。

「どうぞ、母屋においでください」

「よいのか」

お夏は答えのかわりに、身を引いて戸口を譲った。

言われるまま納屋から出て母屋に入った一蔵は、行灯《あんどん》と食膳《しょくぜん》が置かれた板の間に上がるよう促され、草履を脱いだ。

隣の部屋に敷かれた布団に源四郎が眠り、そばに座しているおしのが、膳の前に座る一蔵を見てきた。

又兵衛から詳しく聞いている一蔵が微笑むと、おしのも微笑む。

下座に正座したお夏が、かしこまって言う。

「新見様のご身分は、源四郎様から聞きました。知らなかったとはいえ、わたしは、とんだご無礼をいたしました」

「殿は、小さいことを気になさるお方ではない。そのように恐れた顔をするな」

「お願いです。貞松のようなろくでなしのために、ご身分が高いお方のお手をわずらわせないでください。お口に合うかわかりませんが、お召し上がりください。その後はどうか、お引き取りを」

お夏はそう言って茶碗を取り、飯をよそった。

受け取った一蔵は、お夏に微笑む。

「では遠慮なく頂戴《ちょうだい》します」

手を合わせ、茄子の田楽《でんがく》に箸《はし》をつけた。続いて冬瓜《とうがん》のあんかけを食べた一蔵は、微笑んだ。

飯をおかわりした一蔵は、満足して箸を置き、改まって言う。

「お夏さん、こんなに旨《うま》い飯をいただいたのは、久しぶりです。明日の朝も、お願いします」

お夏は戸惑った。

「殿のお許しなきまま、帰るわけにはいかぬのです。どうかお気になさらず」

「でも……」

「殿は、困っている者を捨てておけぬお人柄なのです。それに、言いつけに反して帰ればわたしが叱《しか》られますから、どうか、置いてください」

一蔵は真面目な顔で頭を下げた。

お夏は慌てて頭をお上げくださいと言ったが、一蔵は上げぬ。

困ったお夏は、頭を下げた。

「わかりました。では、このまま母屋にいてください」

「承知」

顔を上げた一蔵は、お夏に頭を上げさせた。

食事を終えた一蔵は、源四郎が眠る隣の部屋に入り、警固についた。

夜中には眠ったが、気配があれば、一蔵はすぐに目をさますことができる。日頃から、そういう鍛錬《たんれん》をしているのだ。

貞松が忍んでくれば捕らえるつもりでいたが、何ごともなく朝を迎えた。

源四郎は夜中に苦しむこともなく、ゆっくり眠れたようだ。具合がいいのかと思った一蔵であったが、源四郎はお夏がこしらえた茶粥《ちゃがゆ》を食べず、白湯《さゆ》だけを口にした。

白湯を飲みながら、朝餉をとる一蔵のことをずっと見ている。

一蔵が気にして箸を止めると、源四郎は微笑んだ。

「お夏さんの飯は、旨いだろう」

「ええ、とても」

「わたしの分も、しっかり食べなさい」

「食欲がないのは、どこかお辛《つら》いのですか」

「いいや、今はなんともないが、食べると腹が痛うなる」

源四郎のそばに座っていたおしのが、口を見て言葉を読んだのか、心配そうな顔をして茶粥のお椀を取って差し出した。

源四郎が受け取ると、おしのは手振りで食べる真似をして、東洋の薬を手に取って見せた。

源四郎は微笑んでうなずき、一蔵に言う。

「おしのが厳しいから、食べぬわけにはいかぬようだ」

一口食べて見せると、おしのは嬉しそうな顔をした。

源四郎が薬を飲むまで付き合っていた一蔵に、お夏が声をかけた。

「これから仕事に行きますので、留守をお願いします」

「いや、わたしはそなたの警固を言いつけられているから共に行く。心配するな、仕事の邪魔はせぬ」

一蔵は源四郎に頭を下げ、おしのには手振りで外へ行くと伝えて、お夏に続いて出かけた。

お夏は、千駄木町《せんだぎちょう》の小さな呉服屋に通い奉公をしていた。

貞松から逃げて実家に戻ってすぐ、食べるために働いていたのだ。

道を歩きながら話を聞いた一蔵は、耳が聞こえない妹だけでなく、源四郎の面倒を見ながら働くお夏の人柄に感心すると同時に、好感を抱いた。

千駄木町の表通りは、武家や寺を相手にする商家が並び、小さいながらも繁《はん》盛《じょう》している店ばかりだとお夏が教えてくれた。

狭い通りは人通りが多く、一蔵は刀の鞘が当たらぬよう気をつけながら歩いた。

お夏が、奉公している呉服屋だと教えてくれた店の前には、中年の痩せた男が立っていた。その男があるじだと言ったお夏が、駆け寄って頭を下げる。

「旦那様、おはようございます」

あるじは応《こた》えず、困ったような顔で言う。

「お夏さん、悪いんだが、うちではもう雇えなくなった。帰っておくれ」

突然のことに驚いたお夏は、あるじに詰め寄った。

「どうしてですか」

「いいから、帰ってくれ」

拒むあるじの顔をよく見れば、口元に痣《あざ》がある。

気づいた一蔵が、

「誰かに殴られたのか」

自分の口を示して問うと、あるじは手で隠し、顔をうつむけた。

お夏がはっとなって訊く。

「旦那様、まさか、貞松が来たのですか」

「なんでもない。近頃客が減ったから、お夏さんを雇えなくなっただけだ」

そう答えたあるじはお夏を見ていない。怯えた目を向ける先に一蔵が顔を向けると、人相の悪い男が商家の前に立ち、こちらを見ていた。

「貞松の子分です」

気づいたお夏が、あるじに頭を下げた。

「ごめんなさい、ごめんなさい」

必死にあやまるお夏に、あるじは気の毒そうな顔をした。

「お夏さんも大変だね。どうにかしてやりたいけど、わたしにできることは何もないんだ。悪いね、すまないね」

あるじはあやまるばかりで、お夏を店に入れなかった。

「許せぬ」

一蔵がそう言って子分を見ると、薄笑いを浮かべて逃げていく。

「待て！」

追おうとした一蔵の腕をお夏がつかんで止め、首を横に振る。

「もう関わりたくないからおやめください。いいんです」

「しかし、仕事を失って、どうやって食べていくつもりだ」

「なんとかなります」

お夏は明るく言うが、その笑顔は無理をしているようにしか見えず、一蔵は胸が痛んだ。

帰るお夏を守った一蔵は、家に入る前に止めた。

「次の仕事のあてはあるのか」

帰り道に一言もしゃべらなかったお夏は、先のことを案じていたのだろう。不安そうな顔を横に振る。

「今見つけてもまた迷惑がかかりますから、しばらくは家にいます。幸い畑がありますから……」

林の近くにある畑を見たお夏は愕然として走った。

一蔵も行くと、なっていたはずの茄子がひとつもなくなり、菜物《なもの》は踏み荒らされていた。

「朝はどうにもなっていなかったのに、どうして」

悲しい声をあげるお夏に、一蔵は言う。

「出かけているあいだに、やられたのだ」

源四郎とおしのが心配になった二人は、家に戻った。すると、源四郎は眠り、そばにいるおしのは、縫い物をしていた。

安堵して膝に手をつき、身をかがめて大きな息をするお夏に、一蔵が言う。

「奴らは、働く場を奪い、食べ物をなくして、音《ね》をあげさせる腹に違いない」

「どうしよう」

お夏は顔を手で覆《おお》ってしゃがみ込んだ。

「奴らの思いどおりにさせるものか」

一蔵はお夏を立たせ、財布ごと持ち金を渡した。

「これを使ってくれ」

「いけません」

「いいんだ。わたしが持っていても使い道がないから、役立ててくれ」

お夏は財布をにぎりしめ、申しわけなさそうな顔で頭を下げた。

五

「兄貴、うまくいきやしたぜ」

戻った子分は、証の茄子を見せて座敷に上がり、にやついた顔で座った。

「お夏の奴、しゃがみ込んで泣いておりやした。兄貴を裏切るとどうなるか、思い知ったでしょうよ。次はどうしやす、家に火をつけやすか」

貞松は悪い顔で笑った。

「三日待て。戻ってくりゃ許してやるさ」

「若い侍が来ておりやしたから、帰ってくるかわかりませんぜ」

貞松は、新しい男だと思い込んだのか、憎々しい顔で子分を睨んだ。

「今、なんと言いやがった」

「兄貴より若い侍が、お夏をなぐさめておりやした」

貞松は頬を引きつらせる。

「家に上がり込んでやがる痩せっぽちの侍とは別に、もう一人いやがるのか」

「ええ、強そうには見えませんがね、女にもてそうな野郎ですよ」

貞松は湯呑《ゆの》みを土間に投げ、恨《うら》みに満ちた目をして黙り込んだ。そして、手箱から小判をわしづかみにして子分に投げつけた。

「そいつを持って、鷲尾《わしお》の旦那のところへ行け。三日後に、人を集めて来てくれと言え。お夏が帰らねぇ時は、ぶっ殺してやる」

小判を集めて出ていく子分を睨んでいた貞松は、新しい湯呑みを渡す一の子分を見て舌打ちした。

「仙治《せんじ》、何か言いたそうだな」

「お夏ぐれえの女なら、どこにでもいるでしょう」

「うるせえ！」

「まあまあ、それより今は、湯島《ゆしま》のじじいから有り金を騙し取る策を考えてくだせえ。あのじじい、二百両も貯めていると自慢しているそうですぜ」

「そのことなら心配するな。爺さんは可愛がっていた跡取り息子を亡くして、一人寂しく暮らしてやがるから、おれが近づいて、家に上がり込んでやるよ」

「兄貴お得意の、親を亡くした孝行息子を演じるんでやすかい」

「これまで何人も騙してきたおれだ。まかせておけ。だがよ、仕事にかかるのはお夏を取り戻してからだ。あの女はおれのもんだ、誰にも渡しゃしねぇ」

貞松は執念深い目を仙治に向けてそう言い、舌なめずりをした。

だが三日待っても、お夏は帰ってこなかった。それどころか、様子を見に行かせていた子分が戻り、

「兄貴、今朝はまた、別の男が家に上がり込んでおりやす」

と言うものだから、貞松は顔を真っ赤にして怒った。

「あのあばずれめ、ぶっ殺してやる。仙治、鷲尾の旦那はまだか！」

「朝から怒鳴るな、頭に響く」

土間に現れたのは、むさ苦しい浪人者だ。

貞松は顔をしかめる。

「旦那、今日はでぇじな仕事を頼みたいってぇのに、朝まで飲んでらしたので」

「心配するな、剣は冴《さ》えておる」

「お仲間は」

「なかなかの遣《つか》い手《て》を三人連れてきた。おい」

声をかけると、大小を帯びた浪人たちが入ってきた。三人とも眼光鋭く、近寄りがたい雰囲気だ。

満足した貞松は鷲尾に言う。

「おれの女につきまとう男を三人ばかり、斬っていただきますよ。終わったあと

で、礼金を追加しやす」

「よかろう。案内いたせ」

「おう野郎ども、出かけるぜ」

貞松は浪人と子分を従えて家を出ると、勝ち誇《ほこ》った薄笑いを浮かべてお夏の家に急いだ。

六

源四郎の具合は、東洋の薬で痛みを抑《おさ》えているのみで、一昨日《おととい》から急激に悪くなっていた。

東洋から知らせを受けて朝早く見舞いに来た左近は、傍《かたわ》らに座って、寝顔を見ていた。

程なくして目を開けた源四郎が、左近がいることに気づいて起きようとした。

「そのままでよい」

左近は肩を押さえて止め、申しわけなさそうな顔をする源四郎に言う。

「痛みは治《おさ》まったか」

「はい。東洋先生の薬は、よう効きます」

「それはよかった」

源四郎は微笑んだ。

「今、夢を見ておりました。左近様と、手合わせをする夢です」

「そなたは、剣のことしか頭にないのだな」

源四郎は声に出して笑った。

「おっしゃるとおり、それがしは、刀を抜かぬ日が一日もありませんでした。強くなることばかりを考えて鍛錬し、修行の旅の空で出会うた剣客と手合わせをしている時が、幸せだったのです。さりながら、我が人生の中で、今がもっとも穏やかで、幸せにございます」

お夏は、源四郎から長くないことを告げられると、看取《みと》ると言ってくれたという。

左近は、台所に立っているお夏を見た。

手を止めているお夏の背中には深い悲しみがにじみ、それを悟られまいとしているのが伝わってくる。

源四郎は左近に顔を向けた。

「剣に生きた己が、このように穏やかな最期を迎えられるとは思うてもおらず、また、その気になったのが、不思議なのです」

左近に斬られようとしていた源四郎だ。お夏とおしのの優しさに触れて、寿命が尽きるまで生きる気になったのであろう。

源四郎は目に涙を浮かべて微笑んだ。

おしのがそれを見て、そばに来て手をにぎった。

源四郎は己の手を重ね、

「まだ死にはせぬ」

口の動きがわかるようゆっくり伝えた。

おしのがうなずく。

「左近様、今日は、まことにありがとうございました。それがしは見てのとおり幸せでございますから、どうかもう、お気遣いなされませぬように」

「明日また、顔を見にまいる」

左近の気持ちに、源四郎は嬉しそうな顔をした。

立ち上がる左近を見送ろうと起き上がった源四郎が、鋭い目を外に向けた。

三人の浪人者が現れ、やくざ風の男たちが十人ほど続き、左近たちがいる座敷の外で刃物を抜いて構えた。

「出てきやがれ！」

やくざが叫んだその時、台所にいたお夏が悲鳴をあげた。

左近が向かおうとすると、お夏を捕まえた貞松が、首に刃物を向けて睨んだ。

「一歩でも動いてみろ、この女の喉《のど》をかっ切る」

そう言うと、寝間着姿で布団にいる源四郎を見て、蔑《さげす》んだ顔をした。

「なんだてめぇ、病か」

源四郎は立ち上がり、台所に向かった。

「動くなと言っただろうが！　殺すぞ！」

刃物を引き寄せたことでお夏の首が傷つき、血がにじんだ。

「待て、早まるな」

源四郎は手の平を向けて制し、上がり框で片膝をついた。

「頼む。お夏さんを許してやってくれ。このとおりだ」

頭を下げる源四郎に、貞松は腹黒い面持ちで言う。

「うるせえ！　この女はおれのもんだ。てめぇらの好きにさせてたまるか」

「あたしを騙《し》したくせに、亭主面《ていしゅづら》しないでよ。あんたみたいな悪党は……」

腕で首を絞められたお夏が呻いた。

貞松は目を見開き、

「黙りやがれ。てめえの気持ちなんざ、どうでもいい。おれが女房だと言ったら女房だ。わかったか！」

怒鳴りながら、お夏を連れて外に出た。

姉を助けようとしたおしのを止めた左近は、お夏を追って出た源四郎に続いて庭に下りた。鷲尾と三人の浪人が左近の行く手を阻《はば》み、鋭い殺気を向ける。

「鷲尾の旦那、侍はまかせやすぜ。おい野郎ども、こざかしい病人をやっちまえ！」

応じた子分たちが源四郎を囲むのを見た左近が助けに行こうとしたが、

「どこへ行くか！」

鷲尾が大音声《だいおんじょう》をかけ、斬りかかった。

左近は安綱を抜刀しざまに弾《はじ》き返す。その剛剣に怯《ひる》んだ鷲尾が、手下の浪人たちに斬れと命じる。

右から斬りかかろうとした髭面《ひげづら》に切っ先を向けて制した左近は、それを隙と見て左から斬りかかった浪人の一撃を、身を引いてかわす。空振りして、すぐさま振り向こうとした浪人であるが、左近は安綱を軽く振るい、太腿《ふともも》を斬る。

呻いて倒れる浪人を見もしない左近は、源四郎の背後から斬りかかろうとしていたやくざの背中を浅く斬った。

悲鳴をあげて倒れるやくざの腰を踏みつけた左近は、斬りかかってこようとした手下の浪人に安綱を向けて止め、柄《つか》を転じて峰《みね》に返す。

鷲尾が貞松と左近のあいだに立ち、正眼《せいがん》に構えた。その背後では、源四郎が子分たちを相手に、素手で戦っている。

この時、おしのを守っていた早乙女一蔵は、密かに家から出て、納屋の裏を走って貞松の背後に回ることに成功していた。

一蔵が貞松に斬りかかろうとしたが、

「手出し無用！」

源四郎が叫んで止めた。

貞松が驚いて振り向いた隙に、お夏が腕に嚙みついた。

「うわ」

激痛に怯んだ貞松を突き放したお夏は、源四郎に向かって走った。

腕を引き寄せてかばう源四郎に、貞松が斬りかかった。

貞松の腕をつかんで離さぬ源四郎に、子分たちが刃物を向けて迫った。

そのあいだに割って入った一蔵が、峰打《みねう》ちに倒していく。

左近は、気合をかけて斬りかかってきた鷲尾の手下が打ち下ろす刃《やいば》をかい潜《くぐ》って腹を峰打ちし、間髪《かんはつ》をいれずに右手から斬りかかった鷲尾の一刀をかわし、正眼で対峙した。

気合をかけた鷲尾が、刀を振り上げて斬りかかる。

刀身を受け流した左近は、鷲尾の肩を打つ。

激痛に呻きながらも、ふたたび刀を振り上げて打ち下ろす鷲尾。

左近は刀を弾き飛ばし、額を打つ。

「うっ」

短い声を吐いた鷲尾は、黒目を上に向けて昏倒《こんとう》した。

残る一人の浪人は、左近が睨むと怯み、走り去った。

貞松と揉《も》み合っていた源四郎は、病で衰《おとろ》えたせいで力負けしている。

子分たちを打ち倒した左近と一蔵が助けに行こうとしたが、

「来るな！」

そう叫んで、貞松を突き放した。

倒れた子分の刀をつかんだ源四郎が、貞松に言う。

「お夏は、貴様のような者には渡さぬ」

貞松は怒り、歯をむき出しにした。

「野郎、殺してやる！」

叫んで迫る貞松に対し、源四郎も前に出る。そして、左近が止める間もなく二人はぶつかり、貞松は下がった。その手ににぎる刃物は、血に染まっている。

「ざまあみやがれ！」

嬉々《きき》とした顔で叫ぶ貞松に、源四郎が迫る。

慌てて斬りかかろうとした貞松だったが、源四郎は片手で刀を弾き飛ばし、肩と背中を峰打ちした。

呻いた貞松は、仰向けに倒れて腰を浮かせ、悶絶《もんぜつ》した。

源四郎は、口を手で覆って声も出せなくなっているお夏に微笑むと、刀を落としてふらついた。

左近が受け止め、逃げるやくざどもを一蔵に追えと命じる。

大きな息をしている源四郎に、左近は言う。

「なぜ斬らぬ」

源四郎は、穏やかな顔をした。

「それがしは、人を殺《あや》めたことがないのです。どうか、貞松に厳しい罰をお与えください」

「そなた、わざと斬られたな」

「こうすれば貞松は、人殺しとして罰せられましょうから、もう悪さもできぬし、お夏さんに近づけないでしょう」

お夏が駆け寄り、源四郎の腕をつかんだ。

「どうして、わたしなんかのために、どうして……」

悲しむお夏の手をにぎった源四郎は、首を横に振ってみせる。

「これは、誰のためでもない。わたしはこれまで勝手気ままに生きてきた男だ。どうせ生きられぬ命を、最期に人の役に立てられて満足している。だから、決して悲しまないでくれ。悲しまれては、あの世に行けぬ。おしのちゃんにも、そう伝えてくれ」

そこへ、おしのが来た。

お夏が手振りで伝えると、おしのは涙を流して源四郎にしがみついた。

源四郎は、泣きじゃくるおしのの手を取り、微笑んでみせた。

「そなたのおかげで、幸せな最期を過ごせたのだ。泣かないでくれ」

濡れた頬を拭ってやると、お夏が涙をこらえておしのの肩に手を触れた。

顔を向けたおしのに、手振りで源四郎の気持ちを伝えている。

おしのは大きな息をして気持ちを落ち着かせ、やっと笑みを浮かべた。

「そう、それでよい」

源四郎はおしのの頬をなでてやり、姉妹に見守られながら、静かに息を引き取った。


月日が流れ、この日は朝から、霧雨《きりさめ》が降っていた。

左近は源四郎の墓がある下駒込村の寺におもむき、四十九日の法要を営んだ。

そこには、お夏とおしのもいる。

ただ、以前と違うのは、姉妹の身なりだ。

町娘の身なりが、今日は武家の身なりに変わっている。

何も聞いていなかった左近は、気にしつつも、住職の読経《どきよう》に合わせて念仏を唱《とな》えた。

法要が終わり、住職にお布施《ふせ》を渡した早乙女一蔵が、姉妹を左近の前に招いて、改まって報告した。

「このたび、我が叔父《おじ》が姉妹を下働きに引き取りたいと申しますもので、高瀬《たかせ》家に奉公が決まりました」

お夏は嬉しそうな顔で左近に頭を下げ、おしのはにこりと笑った。

あるじを知る左近は、姉妹が苦労をすることはあるまいと思い、一蔵と姉妹にうなずく。

「それを聞いて、源四郎も安堵しただろう。そうであろう、源四郎」

墓に語りかけた時、そこに源四郎がいるような気がした左近は、こころが温かくなった。

第三話　白い女

一

長雨がようやく上がったある日、岩倉具家《いわくらともいえ》は、増上寺《ぞうじようじ》の門前にいた。育ての母香祥院《かしようういん》から頼まれた用事をすませたのは昼頃だ。

何か手土産《てみやげ》をと思い門前町を散策し、落雁《らくがん》を求めて、広尾《ひろお》の寮《りよう》へ戻った。

表の戸口から入ると、女の笑い声が聞こえ、続いて香祥院の声がした。

楽しそうでよい。

そう思いながら雪駄《せった》を脱いだ岩倉は、廊下を歩んだ。自分の部屋に行くには、香祥院たちがいる部屋の前を通らなければならぬので、客にあいさつをするつもりで向かう。

「母上、ただいま戻りました」

声をかけて顔を出した岩倉は、こちらを向いた色白の顔を見て、息を呑《の》んだ。

育ての父、堀越忠澄《ほりこしただすみ》の盟友市田実清《いちださねきよ》の娘だったからだ。

「光代《みつよ》殿でしたか」

光代は微笑《ほほえ》み、頭を下げる。

千石取りの市田家は、譜代中《ふだいちゅう》の譜代。家康《いえやす》に伴《ともな》って江戸に入り、二代秀忠《ひでただ》の時に、神田の地に屋敷を賜《たまわ》っている。

その神田から、侍女も連れず一人で来ていたことに、岩倉はいささか不機嫌になった。

光代を我が物にせんと悪事を働いた一田忠冬《いちだただふゆ》を思い出させたくないので、口には出さなかったが、

「神田から一人で来るのはどうかと思う。次からは、迎えに行く」

そう言って座ると、光代はうつむいた。

光代を心配する岩倉に、香祥院が嬉しそうな顔で言う。

「案じずともよい。お付きの者に、しっかり守られておったのですから」

「どこにもおりませぬが」

「方々は、実清殿から別の用を承《うけたまわ》っていると申されて、帰られたのです。ですから具家殿、明日の迎えが来るまで、光代殿はここにおられます」

岩倉は光代を見た。

「それはつまり、泊まるということですか」

光代が答える前に、香祥院が楽しげに言う。

「何を慌《あわ》てているのです」

「いや、まだその、はっきりと輿入《こしい》れの日取りが定まったわけではありませぬから、よろしいのかと思いまして」

落ち着きがない岩倉に、香祥院が不服そうな顔をした。

「いやなら、そなたが送ってさしあげなさい」

「いやなものですか」

言った岩倉は、したり顔で笑う香祥院を見て、うまく本音を引き出されたと思い顔を赤くする。

すると香祥院が、しょうがないと言わんばかりの息を吐き、光代に言う。

「見てのとおり、いい歳をしておなごのこととなるとこの調子ですから、くれぐれも頼みまする」

するど光代はうつむき、顔を赤くした。

「母上、もうそのへんで。門前町で、旨《うま》そうな落雁を見つけました」

岩倉が話題を変えようと差し出すと、香祥院は、初々《ういうい》しい二人を嬉しそうに見て微笑み、光代に言う。

「今日は下女が暇《ひま》を取っておるゆえ、台所を手伝うてくだされ」

「はい」

二人で台所に立つ後ろ姿を見て、今日のことは、香祥院が仕組んだとしか思えぬ岩倉は、長らく良縁を望んでいた義母《はは》が喜ぶ姿に、ほっとした。

茶を飲み、さっそく夕餉《ゆうげ》の支度にかかるというので、岩倉は、少なくなっていた薪割《まきわ》りにかかった。

光代は旗本の姫だが、母親が厳しく育てており、料理が作れた。

その腕前は、

「具家殿、光代殿は、料理がとてもお上手ですよ」

香祥院の顔をほころばせるほどだ。

怪我《けが》をしていた時、光代が作ってくれた料理を食べていた岩倉は、出汁巻《だしま》き玉子《たまご》の味に微笑み、続いて箸《はし》をつけた煮物が、香祥院の味になっていることに驚いた。

光代は自分の料理の腕をひけらかさず、香祥院に習っていたのだ。

そういう控えめなところも、香祥院の意に適《かな》っているのだろう。

楽しい時はまたたく間に過ぎ、岩倉と光代は、襖《ふすま》一枚を隔《へだ》てた部屋で床に入った。

襖の向こうに光代の気配を感じている岩倉は、気になって眠れない。まんじりともせず仰向《あおむ》けになっていると、虫の鳴く音さえせぬ部屋に、衣擦《きぬず》れの音が伝わってくる。

どうやら、光代も起きているようだ。

声をかけたかったが、岩倉の右隣の部屋には香祥院が眠っているためためらった。

起きていることを光代に悟《さと》られまいと息を潜《ひそ》めているうちに、いつの間にか眠っていたらしく、気づけば朝だった。

裏の井戸に顔を洗いに行っていると、香祥院と光代が台所で話をする声が聞こえ、出汁のいい香りがしただけで、岩倉のこころを弾《はず》ませた。

光代と暮らす日のことを目に浮かべ、思わず顔がほころぶ。

冷たい水を汲《く》み上げ、顔を洗った。すると、台所から井戸端に来た光代が手拭《てぬぐ》いを差し出してくれた。

顔を拭《ふ》いた岩倉は、恥ずかしそうに微笑む光代と目を合わせて笑みを浮かべ、手拭いを渡した。

「夕べは、眠れたか」

「胸がいっぱいになって、なかなか眠れませんでしたが、そのうちぐっすりと」

「それはよかった」

「朝餉が調《ととの》うております」

「うむ」

部屋に戻ると、香祥院が座して待っていた。

「母上、おはようございます」

「おはよう。夕べは、なかなか眠れなかったようですね」

岩倉は恥ずかしくなり、

「いえ、眠りました」

そう言い張って、自分の膳《ぜん》の前に座った。

きのこがたっぷり入った味噌汁《みそしる》は格別の味だった。

岩倉は二杯もおかわりし、その後は腹ごなしに庭に出て、剣術の鍛錬《たんれん》をした。

朝餉の片づけを終えた光代が、岩倉を呼びに来た。

「香祥院様が、お話があるそうです」

「そうか」

岩倉は木刀を置いて、香祥院の部屋に向かった。

「母上、話とは何ですか」

「二人とも、そこにお座りなさい」

改まって何かと思う岩倉は、光代を促《うなが》して座った。

手箱から紙を取り出した香祥院が、膝《ひざ》を転じて向き合い、岩倉の前に置いた。

「ここに記してある忠澄殿が残してくれた財と家屋敷を、そなたに託します」

驚いた岩倉は、沽券状《こけんじょう》を手にして目を通した。財を記したほうには、この先も困らぬほどの金額が記されている。

「いけませぬ。これは、母上の物です」

「わたくしは、十分いただいております。その家は、近所の武家から売ってくれと言われておりましたが、譲らずにおいてよかった。二人で力を合わせて、岩倉家を盛り立てなさい」

「母上、そのことは、長い目で見ていただきとうございます」

「わかっています。いずれ必ず、綱豊殿がそなたを必要とされる時が来るはず。

それからのことを申しておるのです」

「おそれいります」

岩倉が頭を下げると、光代も三つ指《みゆび》をついた。

香祥院が優しい顔を向ける。

「光代殿、祝言《しゅうげん》のことは実清殿と話して決めますが、二人はもはや、夫婦も同じ。具家殿を頼みます」

「はい」

「まこと具家殿は、よいご縁をいただきました。これで安心して、余生を送れます」

香祥院がほっと息をつくのと同時に、表に人の声がした。光代の迎えが来たのだ。

岩倉は、市田家の者にあいさつをし、光代の駕籠《かご》が見えなくなるまで見送った。

共にいた香祥院に、改めて頭を下げる。

「まことに、ありがとうございます」

「そなたはわたくしたち夫婦の子です。遠慮はいりませぬ」

「では母上、わたしたちと共にお暮らしください」

「ほ、ほ、ほ。気持ちだけで十分です。わたくしは、ここでのんびり暮らしたい」

「そうおっしゃらずに」

「家も近いですし、顔を見たければいつでも会えますから。それよりも、家を見てきなさい。これまで人まかせにしておりましたから、今どのようになっているか、そなたの目で確かめたほうがよいでしょう」

「わかりました。では、これより行ってまいります」

頭を下げた岩倉は、さっそく足を運んだ。

屋敷は、香祥院の寮に近い。岩倉も昔行ったことがあるので、場所はわかっている。

忠澄が生前、公儀の許しを得て別宅として購入していた屋敷は、堀越家が改易《かいえき》となったあとも香祥院の所有となり、そのことを知った京橋《きょうばし》の紙問屋、田崎屋《たざきや》八右衛門《はちえもん》に懇願《こんがん》されて貸していた。

毎月支払われる家賃は、香祥院にとってたいした額ではなかったものの、家のためにはなっていた。しかし昨年の春、八右衛門は店で商売をしていた時に急な病《やまい》で倒れてしまい、そのままこの世を去ってしまった。それ以後はずっと空き家になっていたのだ。

表の道を隔てる生け垣《いがき》の真ん中にある、屋根付きの木戸から入った岩倉は、家の外を見ながら一周した。

家は、屋敷と言えるほど大きくはないものの、光代と二人で暮らすには広すぎる。

香祥院と共に暮らして孝行をしたいと思うが、先ほどの様子から、願いに応じて移り住むとは思えぬ。

修復しなければならないところがあれば、移る前に直しておかねばならない。確かめるために、勝手口から中に入り、雨戸を開け、部屋を見て回った。何もない部屋は、どこも傷《いた》んでいない。ただ、襖と障子と畳は新しい物にしたほうが、光代が気持ちよいだろう。

すべての部屋を見終え、庭の物置小屋も調べた岩倉は、香祥院に知らせるべく、木戸から外に出た。

すると、表の道を歩いていた町人の夫婦が足を止め、探るような顔をこちらに向ける。

盗《ぬす》っ人《と》に間違えられたのならいい迷惑だが、名乗る必要もなかろうと思い行こうとすると、夫婦が追ってきて、夫が声をかけてきた。

「もし、お武家様、よろしゅうございますか」

岩倉は足を止めて振り向いた。

「何か」

「はい」

歩み寄る夫の後ろに続く女房を見ると、物言いたげな顔で笑みを浮かべた。

近づいて頭を下げた夫が、気の毒そうな顔で言う。

「手前は、この二軒先にある寮のあるじ、甲西屋《こうせいや》太平《たへい》と申します。これは、女房のせつと申します」

四十代の夫婦は、二人ともに人がよさそうな顔をしている。

だが岩倉は、初対面の者に気軽に話しかける人間を信用しない。

名乗らず、

「さようか」

と答え、行こうとする岩倉に、太平が追いすがるように言う。

「あの、お節介《せっかい》を焼きますが、この家をお借りになることをお考えでございましたら、およしになったほうがよろしいかと存じます」

「なるほど、そちは己のことがようわかっているようだな」

岩倉がこう返すと、太平はきょとんとする。

「何がでございます」

「いらぬお節介だ」

無愛想《ぶあいそう》に言って行こうとすると、

「出るんです」

今度は女房がそう言うではないか。

足を止めた岩倉は、眉間《みけん》を寄せずにはいられぬ言葉に思わず振り向く。

「何が出るのだ」

問う岩倉に、おせつは必死の形相《ぎょうそう》で近づいてきて、恐れた顔を家に向けながら、小声で教えた。

「この家には出るんです、女の幽霊が」

思わぬことに一瞬息を呑んだ岩倉であるが、

「馬鹿馬鹿しい」

相手にせず行こうとした。だが、自分一人ならばともかく、光代も暮らすのだと思うと捨ておけぬ。

「それは、まことか」

問うと、夫婦は、何度も首を縦《たて》に振ってみせた。

「わたしは、この家の持ち主だ」

「ええ！」

太平が目を見張った。

「では、香祥院様のご子息でいらっしゃいますか」

「義母《はは》を存じておるのか」

「幾度か、ごあいさつさせていただきました」

「そうか。聞き捨てならぬことゆえ……」

岩倉は、道を歩いてきた町人を気にした。

「人の耳目《じもく》がないところで詳しく教えてくれ」

「では、手前の寮へおいでください」

夫婦に誘われるまま、岩倉は足を向けた。

二

「左近の旦那、出るらしいですよ、これが」

権八が両手を垂らして、恨《うら》めしそうな顔を作って左近に言うものだから、およねが頭をたたいた。

「お前さんたら、その話は聞きたくないって言ったじゃないのさ」

「わあ」

と、権八が大声を出すものだから、およねは悲鳴をあげて、お琴にしがみついた。

おもしろがる権八を、左近は止めた。

「おい権八、冗談はそのへんにしておけ、およねが可哀そうだ」

「それが旦那、冗談でも作り話でもねえようなんです。岩倉様は、大真面目に悩んでおられました」

左近は酒を飲む手を止めた。

「具家殿の話か」

「初めから言いますとね、夕べのことです。小五郎さんの煮売り屋で一杯ひっかけてやしたら岩倉様がいらっしゃって、来年から暮らそうと思われている家に幽霊が出るって噂《うわさ》があるらしいんです」

「香祥院様と引っ越すのか」

左近が言うと、お琴が教えた。

「お嫁さんとお暮らしになられるそうです」

左近は胸が弾んだ。

「縁談が正式に決まったのか」

「かえでさんが、そうおっしゃっていました」

左近はお琴にうなずく。

「そうか、決まったか」

岩倉もさぞ嬉しいだろうと思う左近は、自分のことのように喜んだ。

権八が酒をすすめて言う。

「ところが、その新居に幽霊が出る噂があるってんで、家のどこかに骸《むくろ》が埋められているかもしれねぇから調べてくれと、頼まれやした」

およねが震えながら言う。

「お前さん、昨日はそんなこと言ってなかったじゃないのさ」

「あたぼうよ、ついさっき、仕事帰りに頼まれたばかりだ」

「まさか、受けたんじゃないだろうね」

「そりゃおめぇ、岩倉様の頼みを断るわけにはいくめぇよ」

「よしとくれよ、幽霊が憑《つ》いてきたらどうすんだよう」

権八は指で自分の鼻を弾《はじ》いて皺《しわ》を寄せ、くつくつ笑った。

「なんだおめぇ、怖いのか」

「何年一緒にいるんだよ、知ってるだろう。女の幽霊は怖いよ、憑いてくるからおよしよ」

「噂じゃえれぇ美人だというから、好かれてみたいもんだね」

「馬鹿！」

背中をたたかれた権八は顔を歪《ゆが》めた。

「痛《い》ってぇな。心配すんな、おめぇのほうがよっぽど恐ろしいから、幽霊も逃げちまうよ」

ああ痛ぇ、と言って背中をさすっている権八は、幽霊の存在を信じていないらしく、楽しんでいるようだ。

左近が酌《しゃく》をしてやり、家のことを訊《き》いた。

「新しい家ではないのか」

「ええ、長いあいだ商家に貸していたそうです」

「そうか。それで、いつ調べに行く」

「気になりやすか」

「具家殿が、骸が埋まっていると睨《にら》んだことがな」

「急いでらっしゃるようですんで、明日行くことになってやす」

「では、おれも行こう」

「へい」

権八は喜び、およねに言う。

「心配するな。この世に幽霊なんざいやしねぇんだからよ」

「塩とお札だけは、持って行っとくれよ」

「ああ、わかってるよ」

権八は左近に舌を出して見せ、楽しそうに酒を飲んだ。

翌朝、権八は弟子の勘助《かんすけ》、三郎《さぶろう》、健太《けんた》を呼んでいた。

五人で家に行くと、表の木戸まで出てきた岩倉が、左近を見て驚き、苦笑いした。

「おぬしも物好きだな。幽霊に興味があるのか」

「骸が埋まっているかもしれぬと聞いて、気になっただけだ。それより、縁談が決まったそうだな。おめでとう」

岩倉は照れた笑みを浮かべた。

「祝言はいつだ」

「来年の夏だが、日はまだ決まっておらぬ」

「正式に決まったら、教えてくれよ」

岩倉はうなずき、

「一番に知らせるつもりでいる」

笑みまじりで言う。

「それじゃ、さっそくはじめやすよ」

せっかちな権八がすたすたと歩んで家に入り、弟子の三人に指図をして作業に入った。

ついでに傷んだ場所を調べるために、手分けをして部屋を調べ、続いて天井裏に入った。そのあいだ左近は、幽霊の噂を岩倉から聞いていた。

夫婦は嘘《うそ》をつくような者には見えぬと、岩倉はまずそう言い、雨の日に、白くぼやけて見える女が裏の庭に立っているのを、二人で見たらしいと教えた。

「他にも、見たと言う者が何人かいるというので、昨日、その者たちに会《お》うてきた」

　岩倉は、大真面目な顔で左近を見てそう言う。

「皆、確かに見たのか」

「うむ。雨の夜中ばかりならば、いかにも作り話に思えるが、晴れた日の真っ昼間に見たと言う者もいる。見ているうちに姿が薄れて、消えたと言うのだ」

「その者は、顔を見たのか」

「いや、後ろ姿だ。皆口を揃《そろ》えて言うのは、白くぼやけてはいるが、女というのはわかるらしい」

「白いなら、庭の土から出る靄《もや》が、そう見えたとは考えられぬか」

「晴れた日に、靄は出まい」

　それもそうだとうなずいた左近は、裏庭を見た。

　枯れ草がそのままの庭には、枝が伸びた植木もある。

「木の枝に、白い何かが飛んできて引っかかっていたのではないか」

「わたしもそう思い、調べてみたが、それらしい物は落ちていなかった」

　そこへ、権八が来た。

「岩倉様、床下まで調べやしたが、何もありやせん。これから、床下の土をさらってみやす」

「頼む」

権八は弟子たちと畳を上げ、床下に下りて土を掘り返した。

半日かけてすべての部屋の床下を掘ってみたが、何も出なかった。

「岩倉様、安心してください、人は埋められておりやせん」

「世話になったな」

岩倉は、権八たちを促して表に向かいながら、左近に言う。

「気になるゆえ、しばらく泊まることにする。幽霊の噂が光代の耳に入れば、怖がって住みたがらないだろうからな」

「では、おれも付き合おう」

岩倉は声に出して笑った。

「冗談はよせ。こんなことに、まさかおぬしを付き合わせるわけにはいかん」

左近は、ふと思いついたことを言った。

「出ぬかもしれぬ幽霊のために泊まり込むより、前の借主《かりぬし》に問うてみてはどうか」

すると岩倉は、左近に縁側に座るようすすめてきた。

左近が応じて腰かけると、岩倉も隣に腰を下ろし、庭に顔を向けて言う。

「貸していた商家は、あるじが他界したのを潮《しお》に、息子が江戸の店を引き払った。今は、本拠地の京のみで、商《あき》いを続けている」

渋い面持《おもも》ちの岩倉を見て、左近は気になった。

「早々に引き払ったのは、何かわけがあるのか」

岩倉は首を横に振る。

「あるじが急な病で亡くなったのは間違いないのだが、そのあるじが、ここに妾《めかけ》を囲っていたことが、昨日わかった」

「まさか、幽霊がその妾だというのか」

「そこが気になったゆえ、権八に頼んだのだ」

「どういうことだ」

「近所の者が言うには、妾は色白の若い女だったらしいのだが、あるじが亡くなる直前に、姿が見えなくなっていたらしい」

「殺されていると、思ったのだな」

「うむ」

岩倉は下を向いた。

「この庭のどこかに、埋められてはいまいか」

話を聞いていた権八が口を挟んだ。

「調べやしょうか」

「いや、これだけの土地を掘るのは骨が折れようから、まずはわたしが泊まり込んで、この世をさまよう者がおるかどうか確かめる。もし出た時は、隅々まで掘り返してくれ」

「わかりやした」

二人のやりとりを聞いていた左近は、ふと気配を察して外を見た。すると、表の生け垣の上からこちらを見ていた若い侍が、顔をそらして立ち去った。

空き家に人がいるので気になったのだろう。

そう思った左近は、岩倉に言う。

「食べ物はあるのか」

「適当に、どこかで食べる」

「では、近所で求めてこよう」

「おいよしてくれ、おぬしにそのようなことはさせられぬ」

「遠慮せず、幽霊を見張っていろ」

左近は笑って言うと、帰る権八たちと共に家から出た。

権八は、弟子たちに銭を渡してやった。

「忙しいところすまなかったな」

「棟梁《とうりよう》、こんなにいただけません」

「勘助、遠慮する奴があるか。さ、行った行った」

尻をたたいて普請場《ふしんば》に行かせた権八は、大真面目な顔で左近に言う。

「旦那、岩倉様には言いませんでしたが、あの家には、お住みになられないほうがいいと思います」

「何か埋まっていたのか」

「いや、そうじゃないんです。あの家は、裏鬼門が表の戸口になっているから、家相《かそう》が悪いんですよ。あっしは、幽霊なんてもんは信じませんがね、家相や、土地の神についてはめっぽう気にするんです。自分が建てる家は、あんな間取りにはしやせん」

「風水《ふうすい》か」

「ええそうです。東照大権現《とうしようだいごんげん》様は、お城の鬼門にあたる方角に寛永寺《かんえいじ》、裏鬼門の方角に増上寺をお建てになって、風水にこだわり抜いて江戸の町を作ってらっしゃるでしょう。あっしら江戸っ子も、見習っているってぇわけです。そこで旦那、旦那から言ってさしあげたほうがいいと思いますが」

「何を言えばよいのだ」

「あの家のように、裏鬼門に表の出入り口があると、夫婦仲が悪くなったり、女房に災《わざわ》いがあると言います」

左近は立ち止まった。

「あの家に、そのような災いがあるのか」

「妾がいなくなったってぇのは、家相が悪いからですよ」

「確かに気にはなるが、具家殿が聞き入れるかわからぬぞ」

「そりゃまぁ、信じない者は大勢いますがね、あっしだったら、あんな家にはしないなあ」

そう繰り返す権八は、思い出したように言う。

「ひょっとして近所の者が見たのは、裏鬼門から家に入った魔物かもしれませんね。前にも同じような家があって、建て替えを請け負った棟梁を手伝ったことがありやす」

同じような家、と聞いて引っかかった左近は、権八を見た。

「それはいつのことだ」

「ええっと、確か二年前です。場所はこの近くですが、確かあの時も近所の者が、女の幽霊が出ると騒いでいたと思います」

ますます怪《あや》しい。

「その近所の者は、具家殿に教えた人物と同じではなかろうか」

そう推測する左近に、権八は手を打ち鳴らす。

「なるほど、そういうことですかい」

「権八、二年前に建て替えた家を覚えているな」

「もちろんです」

「では戻るぞ。具家殿を連れて、その家を訪ねてみよう。幽霊のことを伝えた者を紹介してもらえば、同じ者かわかる」

「さすがは旦那、こいつはなんだか、悪の臭《にお》いがしますね」

張り切る権八と引き返した左近は、岩倉に風水と家相のことを伝えた。

腕組みをして考えた岩倉は、

「誰も嘘を言っているようには見えなかったが、そこまで言うなら、行くだけ行ってみよう」

険しい顔で応じた。

権八が案内したのは、家からそう遠くない、田畑の景色がいい場所に建つ一軒家だ。

家主は幸い在宅しており、権八のことを覚えていた。

「権八さん、その節はどうも。この家は、ほんとうに暮らしやすくてね、特に権八さんが造ってくれた部屋は居心地がよくて、客間にしていても客は来ないから、今はわたしの居室にしているんだ。庭を眺《なが》めて、のんびり過ごしているってぇわけだ」

にこやかに、ゆっくり語る四十代のあるじに、気忙《きぜわ》しい権八は、つんのめるようにして聞いている。そして、話が途切れた時を見計らってすかさず本題に入る。

「今日は、家相のことで来たんです。旦那、どうです、藤吉《とうきち》棟梁が言ったとおりに建て替えてから、幽霊は出なくなりやしたか」

すると家主は、顔の前で右手をひらひらとやった。

「そんなのは迷信だ。藤吉さんがすすめた風水にならった家にしても、女房は出ていっちまったからね」

そう言って笑う家主に対し、ええ、と驚き、ばつが悪そうな顔をする権八を横目に、左近が問う。

「家を建て替える前は女の幽霊が出ていたというのは、まことか」

家主は途端に顔を曇らせ、

「幽霊のことは、まったく腹が立ちますよ。あれは、藤吉さんが家を建て替えさせたくて、女房を使って仕組んでいたことでした」

そう言うものだから、権八は目をまん丸にして驚いた。

「そいつは、ほんとうかい」

「ああ、ほんとうだとも」

権八は左近を見た。

「左近の旦那、岩倉様の家に出る女の幽霊も、藤吉棟梁が仕組んだんじゃ」

すると家主が、ふたたび右手をひらひらとやった。

「それはないよ。わたしを騙《だま》したことが広まって、藤吉さんはこの町から姿を消したからね」

権八はまた、目を丸くした。

「藤吉棟梁が逃げただって。いつのことだい」

「もう一年も前になるさ。藤吉さんの家はとっくに人手に渡っていることだし、この町で悪さはできないよ」

話を聞いていた岩倉が、家主に言う。

「ひとつ教えてくれ」

「はい、なんでしょう」

「家を建て替えるきっかけになった幽霊の噂を広めたのは、甲西屋太平と、女房のおせつではないのか」

「いいえ、藤吉さんの女房が夜な夜な幽霊になりすまして、手前の家の庭に立っていたものですから、見た人から噂が広まりました」

「左近殿、まったく違う話のようだ」

岩倉に言われて、左近はうなずいた。

家主に邪魔をしたと左近が言い、三人で帰っていると、権八が、

「それじゃ、幽霊は本物ってことですかね」

ぼそりと言う。

耳にした岩倉が、権八に言う。

「わたしは本来、家相など気にせぬ。しかし幽霊はだめだ。裏鬼門がいけないと

いうなら、出入り口を造りなおしてくれ」

「なんだか、岩倉様を騙しているようで、妙な気分になってきやした」

情けない顔をする権八に、左近が言う。

「風水にこだわるのは悪いことではない。だが、先ほどの家を建てた棟梁のように、悪用する者もいる」

「まったくです。藤吉の奴には驚きやした」

左近はうなずき、岩倉に言う。

「具家殿の家に出る幽霊は、住まれては都合が悪い者の仕業《しわざ》かもしれぬな」

「人だと言うのか」

「藤吉棟梁のことを聞いて、そう思うたまでだが」

左近の推測に、岩倉が不敵に微笑む。

「だとすると、泊まるのが楽しみになってきた。出てくれば、正体を暴《あば》いてやろう」

「やはり、おれも泊まろう」

左近を見ていた権八は、顔をそらして、聞こえぬように言う。

「幽霊でも人でもなく、魔物だったらどうする気かね」

「権八、何か言ったか」

岩倉に言われて、

「いえ、なんにも。あっしは帰りに煮売り屋に寄って、この話を伝えておきやす」

権八はそうごまかし、小五郎とかえでに知らせに走った。

三

その日の夜中、裏の部屋で岩倉と雑魚寝《ざこね》をしていた左近は、まどろんでいるうちに身体が動かなくなった。

金縛《かなしば》り。

これまで幾度か経験したことがある左近は、西川東洋から、

「幽霊の仕業と騒ぐ者がおりますが、人というのは、時にそのようなことがあります。じっとしていれば、治りますぞ」

そう教えられている。

すぐに動けるようになると思い目をつむっていたのだが、畳を歩む音と、気配を感じて目を開けた。そこには誰もおらず、みしり、という音に目を向けた。す

ると、満月に照らされた障子に人の影が映《うつ》り、すーっと、廊下を横切ってゆく。

その影が見えなくなると、金縛りが解けた。

左近は起きて廊下に出てみる。廊下のどこにも姿はなく、歩みながら裏庭を確かめてみたが、誰もいない。

額《ひたい》から首筋まで、悪い汗をかいていた。

手で首筋を拭った左近は、庭を見渡しながら部屋に戻った。すると、岩倉が起きて座っていた。

「どうした」

左近は障子を閉めて座し、金縛りに遭《あ》い、障子に人影を見たと教えた。

岩倉は神妙にうなずき、障子を見た。

「やはり、幽霊が出る噂はほんとうのようだな。近所の者が、この家に暮らしていた妾が、いつしかいなくなったと言っていたのが気になる。妾を住まわせていた前の借主が亡くなってすぐ、息子が江戸の店を閉めたこともな」

左近は岩倉に顔を向けた。

「借主が、妾を殺したと思うておるのか」

岩倉は、厳しい顔をした。

「いなくなった妾がこの土地のどこかに埋まっているなら、もうここには住めぬ。だから考えたくない」

「だが気になるのであろう」

「うむ」

「では、小五郎に調べさせよう。借主の店はなんという名だ」

「名はわかっておるが、息子は奉公人も京に連れて戻った。京のどこで商売をしているのか知らぬし、江戸に縁者もおらぬから、今となっては調べようがない」

「日にちをかけて探ればわかろう」

「その前に、この家をもっと調べよう。どこかに埋められ、無念を知らせるために出てきたのなら、早く見つけて成仏《じょうぶつ》させてやらねば」

幽霊だと決めてかかる岩倉は、夜が明けたら敷地の隅々まで調べると言う。

左近は付き合うことにして横になり、朝を待った。

そして翌朝、二人で手分けをして痕跡《こんせき》を探した。

左右を商家の寮に挟まれ、裏手は武家屋敷。表の道を挟んだ向かいも武家屋敷で、あたりは静かすぎるほどだ。

表を調べ、裏庭に回った左近は、物置小屋を調べている岩倉が出てくるのを待ち、声をかけた。

「どうだ」

「何も、怪しいことはない」

左近は、夕べ泊まった部屋に向く。

「人影が見えたのは、あの廊下だ。埋められているとすれば、この裏庭のどこかだろうな」

「わたしもそう思い、小屋の床板を剝《は》がしてみたが、掘って埋めた痕跡はない」

「人手を集めて、裏庭を掘り返してみるか」

「いや、もう少し調べてみる」

岩倉は遠慮し、裏庭を見回した。

左近も顔を向ける。

裏の土地を隔てる板塀の向こうには、武家屋敷の長屋塀《ながやべい》があり、二階建てほどの高さがあるため朝日が遮《さえぎ》られ、日当たりがあまりよくない。家の東を裏にし、通りがある西側を表にして、戸口を裏鬼門にしたのは、この土地柄のせいかもしれないと、左近は推測した。

裏庭に植えられている一本松は立派で、長屋塀の瓦屋根《かわらやね》を越えるほどだ。

腰に両手を当てて眺めていた岩倉が、その松を指差した。

「わたしが知っている裏庭の景色と変わっている物があるとすれば、松の横にあるもみじくらいだな」

まだ大人の背丈《せたけ》ほどしかないもみじが、松の枝で日陰になっている場所に植えられている。

「前はなかったものだ。借主が植えたのだろう」

「小さくても樹形《じゆけい》がよいもみじは、秋が深まれば美しいだろうな」

左近の言葉に目を細める岩倉は、ここに暮らしたい様子。そう見た左近は続ける。

「どうする、庭を掘り返してみるか」

岩倉は庭を見回して考える顔をしていたが、左近を見てきた。

「いや、よい。義母《はは》は、貸していた相手と親しかったのだ。いただいた家に幽霊が出るから、妾が埋められているかもしれぬなどと言えば、不快に思われよう」

左近も養母に育てられた身。気を遣《つか》う岩倉の心情はよくわかる。

「おれの思い違いということもあるからな」

そう言うと、岩倉が疑う顔を向けた。

「急にどうした」

「幽霊が出ると聞いていたことで、松の枝の影が人に見えたかもしれぬと思うたのだ」

岩倉は笑った。

「子供のようなことを申すな」

左近も笑みを浮かべ、家を見て言う。

「権八が、裏鬼門に表の戸口があるのを心配していた。人が埋められていると思わぬなら、やはり改築してみてはどうか。戸口の場所を正せば、幽霊騒ぎも収まるかもしれぬゆえ、そちらから試してみるのもよかろう」

岩倉はうなずいた。

「権八が、風水に詳しいのは意外だったな」

「江戸の町を造った東照大権現様を見習っているようだ」

「なるほど、さすがは一流の大工の棟梁といったところか」

「ごめんください」

表側から声がしたので二人が家の中を見ると、権八が戸口に立っていた。

左近が言う。

「権八、ここだ」

気づいた権八がぺこりと頭を下げ、裏に回ってきた。

「お琴ちゃんから、お二人の朝餉を預かってきやした」

「ありがたい。腹が減っていたところだ」

「こちらでお食べになりやすか」

縁側を示す権八に左近がうなずくと、重箱を広げてくれた。

三段の箱いっぱいに、お琴の手料理が詰められている。

左近は岩倉と並んで腰かけ、庭を眺めながら味わった。

「権八も食べぬか」

左近がすすめると、権八は笑顔で応じる。

「あっしはかかあの飯をかっ込んで来やしたんで。それより左近の旦那、夕べはどうでしたか。あっしはもう気になって、眠れなかったんです」

左近は、金縛りと人影のことを告げたうえで、

「金縛りは疲れによるもの。障子の影は、松の枝を見間違えたかもしれぬ」

そう付け加えた。

皿に玉子焼きを取って渡してくれようとしていた権八が、手を引いた。考え込

む面持ちで玉子焼きをつまみ、一口食べて、また考える。

左近は岩倉と顔を見合わせた。

岩倉が、首をかしげてみせ、権八に顔を向ける。

「おい権八、何をぶつぶつ言っておる」

「いえね、左近の旦那ともあろうお方が、松の枝を幽霊に見間違えるなんて、いくら寝ぼけていても、万に一つもねぇと思ったわけです」

食べかけの玉子焼きを口に入れようとして、目を見張った。

「いけね、食っちまった」

「よいから、その先を教えてくれ。権八は、幽霊を信じないのではなかったのか」

権八は左近にうなずく。

「信じやせん。ですが、左近の旦那が見たとおっしゃるなら、いるのかもしれやせんね。こうなったら岩倉様、祈禱師《きとうし》か寺の坊様を呼んで、悪霊祓《ばら》いをしてもらうのはどうですかね」

岩倉は困惑した。

「わたしはそのような者に手蔓《てづる》がない」

「家相のことで世話になっている祈禱師なら、今からでもお連れしやすが」

「ではそうしてもらおう。光代のためにも、そのほうがいいだろうからな」

岩倉は、左近が人影を見たことで、この家には何かあると確信しているようだ。

気が休まるならばそれもいいだろうと思った左近は、裏庭を歩んでいき、振り向いて家を見上げた。

「権八」

「へい」

「表の戸口をどこにすれば、家相がよくなるのだ」

権八は左近のところまで来て家に向き、武家屋敷の上にある太陽と見くらべて言う。

「できるだけ真東に近い場所がいいんで、今ある戸口を部屋に作り替えて、客間を土間にして、戸口にするだけでいいでしょう。生け垣の木戸の場所も変えてしまえば、道からの出入りも不便にはなりやせんし」

聞いていた岩倉が雪駄を脱いで上がった。

「中で詳しく教えてくれ」

「へい」

権八は縁側に走って戻った。

続いて家に戻ろうとした左近だったが、ふと、背後に気配を察して振り向く。

すると、武家屋敷の長屋塀にある格子窓《こうしまど》から、こちらの様子をうかがう者がいた。

昨日、表の生け垣から見ていた若い侍だ。

目が合った左近は、騒がせたことを詫《わ》びるために頭を下げようとしたが、侍はその前に窓から離れた。

家に戻った左近は、部屋の位置と、新しい戸口の場所を事細かに話す権八の考えを聞いて、さすがは大工の棟梁だと、感心した。

岩倉も、権八の言うとおりにしたほうが住みやすくなりそうだと喜び、

「いつからはじめられる」

さっそく仕事を依頼した。

権八は天井を見上げて考える顔をして答えた。

「半月後にはかかれやす」

「この際だ。台所と、家の壁や畳も新しくしたいが、来年の祝言までには間に合

うか」

「十分間に合いますとも」

「では頼む」

「承知しやした。その前に、きっちりお祓いをしやしょう」

「今から頼めるか」

「もちろんですとも。ちょいとひとっ走り呼んできやす」

権八は軽い足取りで、家から出ていった。

岩倉が左近に微笑む。

「祈禱師の商売が成り立つのが、わかった気がする」

「確かに、目に見えぬ力を頼みにするのは、時として人を安心させる」

将軍綱吉とご母堂《ぼどう》桂昌院が、批判の声に耳を貸さず神社仏閣《じんじゃぶっかく》を庇護《ひご》し、造営を繰り返すのも、こころに不安を抱えているからなのだろうと、左近は思った。

四

権八が戻ったのは、昼過ぎだった。

祈禱師は三十代の男。身なりは、山伏《やまぶし》のような、いかにもといった装束《しょうぞく》ではなく、どこにでもいる町人の格好をしている。

「手前は、信じるに明るいと書いて、しんめいと申します」

物腰柔らかく名乗った信明《しんめい》を前に、岩倉が権八の袖《そで》を引いた。

「まことに、この者で大丈夫なのか」

権八は笑みを浮かべた。

「皆さんそうおっしゃいますが、見かけ倒しが数多くいる中で、この信明さんは本物ですよ。信明さん、お願いしやす」

「では」

信明は左近と岩倉に手を合わせて頭を下げ、まずは外を見ると言い、敷地を回った。

目を細め、唇《くちびる》に笑みを浮かべて歩んでいた信明は、裏庭に入った途端に、表情を曇らせた。水晶《すいしょう》のように透明な石の数珠《じゅず》を右手に持ち、目をつむって、何かを探るように顔を左右に動かしている。そして、武家の長屋塀に顔を向け、目をつむったまま歩みを進めるや否《いな》や、険しい面持ちでこちらを向く。

「悪い気が、あるような、ないような」

驚いた権八が、大口を開けて左近を見た。

岩倉が問う。

「どっちなのだ」

「それがなんとも」

はっきりせぬ信明に、権八は不安の色を浮かべている。

「信明さん、今日は、調子が悪いので？」

「騒ぐほどのことでは……」

急に黙り込んだ信明は、武家屋敷に振り向いた。ゆっくり歩みを進めて長屋塀を見上げ、首をかしげて戻ってきた。

権八が歩み寄る。

「信明さん、はっきり言ってください」

「ご安心を。悪い気を感じたのは、あちらの武家から流れてきたものでした。こちらは武家屋敷にとって裏鬼門にあたりますから、霊が通る道になりかけているのかもしれません」

左近が口を挟む。

「それは、あの武家で、近頃よくないことがあったからか」

「不幸があったか、あるいは、家中の争いがあったか。いずれにせよ、こちらの家は、裏鬼門に表の戸口があり、鬼門には、勝手口がありますから、隣の武家から悪《あ》しき気が流れてきたのでしょう。それを止めてしまえば、この土地に暮らす者は栄えましょう」

岩倉は安堵《あんど》した顔をした。

左近が岩倉に微笑む。

「よかったな」

「うむ。目の前の霧《きり》が晴れたようだ。信明殿、助かった」

信明は手を合わせて応じた。

「権八、そなたのおかげだ。悪しき気が流れてこぬよう改築をしてくれ」

「へい、おまかせください。信明さん、それまで悪い気が来ないようにできませんか。幽霊の噂が広まったんじゃ、岩倉様もたまったもんじゃないですから」

「やってみましょう」

信明はふたたび武家に向き、続いて、裏庭を調べて回った。

目で追っていた左近は、ふと気配を感じて長屋塀の格子窓を見たが、そこには誰もいなかった。

信明が松の木まで行って戻り、土地を隔てている板塀に歩み寄ると、懐《ふところ》から札を出し、地面に穴を掘って埋めた。

呪文《じゅもん》を唱《とな》え終えるのを黙って待っていた権八が、

「もう大丈夫ですか」

声をかけると、信明は真顔で言う。

「とりあえずよいかと思いますが、改築を急いだほうがいいでしょう」

「よしきた。岩倉様、急いでやりやすから安心してください」

「うむ。信明殿、助かった。礼はたっぷりさせてもらう」

信明は微笑み、お役に立ててよかったと、頭を下げた。

さっそく支度にかかると言う権八と、礼を受け取って帰る信明を見送った左近は、岩倉に訊く。

「今日は、香祥院様の寮に戻るのか」

「いや、今夜も泊まってみる」

「祈禱師を疑っておるのか」

「勘違いするな。泊まるのは疑っているからではない。武家から悪い気が来ると言ったのが気になるのだ。何せ、真裏のことゆえな」

「そういうことか。しかし、ここに泊まっても、裏のことは探れぬぞ」

「何日かおれば、少しはわかるだろう。そのあいだ何も感じなければ、それに越したことはない」

光代と新たな暮らしをはじめる家だけに、細やかに気を配っているのが伝わった左近は、微笑ましく思った。

「では、もう一晩付き合おう」

岩倉は驚いた。

「暇なら、お琴殿のところにいたらどうだ」

「明日は戻る」

左近は笑って言い、家に上がった。

「おぬしも物好きだな」

呆《あき》れた言い方をした岩倉は、酒を求めてくると言い、出かけていった。

その日の夕方、表に訪ねる者があり、左近のために酒肴《しゆこう》の支度をしていた岩倉は、手を止めて戸口から出た。

「開いておるぞ」

そう声をかけると、木戸を開けて商人が入ってきた。

いかにも作ったような笑みを浮かべ、腰をかがめているのが胡散臭《うさんくさ》い。

つっけんどんに言う岩倉に、商人は腰をかがめたまま、図々しく歩みを進めて近づいてくると、頭を下げた。

「突然押しかけて申しわけございません。手前は、この広尾の地で油屋をしております、畠屋介五郎《はたやすけごろう》と申します」

「悪いが油は間に合っている。帰ってくれ」

「岩倉様、お待ちを。手前は油を売りに来たのではなく、この家を売っていただきたくてまいりました」

岩倉は介五郎をいぶかしむ。

「わたしは、おぬしと会うた記憶はないが」

介五郎はより腰をかがめた。

「お名前をどうして知っているのか、そうおっしゃりたいのでございますか」

「うむ」

「手前は商売柄、このあたりのことはなんでも耳に入るのでございますよ。甲西屋さんから、幽霊のことをお聞きになられましたか」

あの夫婦に名を明かしていない岩倉は、ますます怪しむ。

「そのことなら、近々解決する」

介五郎は笑みを消した。

「それは、どうやって」

「言う義理もなければ、家を売る気もない。帰ってくれ」

「家と土地を、三百両で買います」

不躾《ぶしつけ》な商人に、岩倉は不快さを露《あら》わにした。

介五郎は下手《したて》に出る。

「相場より少しばかりいい値です。ここは幽霊が出ますから、手前にお売りになって、もっといい場所にお移りになられたほうがよろしいかと存じますが」

「幽霊が出ると噂がある土地なら、値を下げるのが常であろう。何ゆえ高値をつける。この土地に何か目当てがあるのか。それとも、知られては困る物が埋まっているのか」

鎌《かま》をかけると、介五郎は目を泳がせるも、それは一瞬のことで、

「手前は、幽霊なんてものは信じませんから、ここで新しく店を建てて、商売を広げたいのです」

例の作った笑みを浮かべてそう言った。

戸口の奥で話を聞いていた左近は、何かあると睨んで三和土《たたき》に下り、岩倉に小声で伝える。

岩倉は驚いて振り向いたものの、納得した面持ちをしてうなずき、介五郎に向き直る。

「よし、いいだろう。売った」

「ああ、よかった。前から欲しいと思うておりましたから、願いが叶《かな》いました」

喜ぶ介五郎に、岩倉が言う。

「ここには沽券状がないゆえ、明日用意しておこう」

介五郎は驚いた。

「明日さっそく、お譲りいただけるのですか」

「おぬしの気が変わらぬうちに、三百両で売りたい」

「変わったりはしませんが、善は急げと申しますから、明日、三百両持ってまいります。では、手前はこれで」

介五郎は笑顔で頭を下げ、帰っていった。

顔を見られていない左近は、何食わぬ顔で跡をつけた。

気づかぬ介五郎は、町のほうへ歩んでいたのだが、四辻《よつじ》のところで振り向いた。歩んでいた紋付袴姿《もんつきはかますがた》の侍に会釈《えしゃく》をして見送り、誰もいないことを確かめて辻を左に曲がってゆく。

物陰から出た左近が追っていくと、介五郎は道を大きく回って、一軒の屋敷に入った。そこは、岩倉の家の裏にある、武家屋敷だった。

信明が、悪い気が流れてくると言ったのは昼過ぎのこと。あの時、長屋塀の格子窓から感じた人の気配は、見ていた者がいたということか。

商人を使い、探りを入れに来たか。

門番がいる門前を避けていた左近は、遠くから見ながらそう思い、引き返した。

家に戻って話すと、岩倉は、合点《がてん》がいった面持ちをした。

「やはり、食わせ者だったか。義母《はは》が、ここを欲しがる近所の武家がいるとおっしゃっていたが」

裏の武家に違いないと思う左近は、見ていた若侍と、幽霊騒ぎの繫《つな》がりが気になった。

「具家殿、この土地には、何か因縁《いんねん》がありそうだな」

「わたしも今、そう思っていた。いなくなった妾のことが気になる」

「光代殿とのこともある。ここは深入りせず、明日手放したほうがよいと思うがどうだ」

「ここは、親から譲り受けた土地だ。その土地を汚《けが》しているなら、うやむやにはできぬ」

「何をするつもりだ」

「まあ見ていろ」

岩倉は教えず、酒肴の支度に戻った。

五

「気が変わられたと、おっしゃいますか」

翌日、金を持ってきた畠屋介五郎は、手の平を返して土地を手放すことを拒《こば》む岩倉に戸惑い、焦《あせ》った。

「岩倉様、では百両上乗せします。どうかお売りください。このとおり」

拝《おが》むようにして必死に頼むが、岩倉は首を縦に振らぬ。

「悪いが、もう決めたのだ。この家を建て替え、裏庭も、松の木やもみじがある場所を掘って池を造り、景色をよくするつもりだ」

「はあ、さようでございますか」

「すまんな」

介五郎は肩を落とし、帰っていった。

表に出て見送る岩倉に、左近が言う。

「今のが、策か」

「やましいことがあるなら、何かしてくるはずだ。ひとつ、頼まれてくれぬか」

「聞こう」

岩倉は言おうとして、垣根の外を気にした。

左近が顔を向けると、そこには誰もいない。

岩倉に腕を引かれて家の中に入った左近は、策を告げられ、承諾した。

それから程なく、二人は揃って家を出た。

左近は、表の戸締まりをする岩倉を待ち、肩を並べて歩む。

「では、よろしく頼む」

「うむ」

香祥院の寮に帰る岩倉と別れた左近は、お琴の家に向かった。

その日の夜中、月明かりもない岩倉家の裏庭で火花が明滅《めいめつ》し、小さな火が灯《とも》された。その火種《ひだね》は蠟燭《ろうそく》に移され、ぼんやりとした明かりに、もみじが浮かび上がる。

黒い人影が二つ地面に伸び、蠟燭の火でゆらゆら揺れている。程なく二人は、鋤《すき》を手にして、もみじの根元を掘りはじめた。

人の膝までの深さに掘り下げた頃、

「いったいどういうことだ」

苛立《いらだ》ちの声が庭に伝わる。

「横を掘ってみよ」

異変が起きたのは、横の穴を人の腰の深さまで掘り進んだ時だった。一陣《いちじん》の風が吹き、蠟燭の火が消えそうになった。風がやみ、小さくなった火がふたたび勢いを増した時、二人が掘っていた穴の前にあるもみじに、白い女が浮かんだのだ。

途端に、休んでいた男が悲鳴をあげた。

穴を掘っていたほうは、悲鳴に驚き、這《は》い上がってきた。

慌てふためいた男は、出てきた男と穴をそのままにして逃げてゆく。

「殿、いかがなされたのです」

小声で言う男は、あとを追っていく。

雨戸の隙間《すきま》から見ていた小五郎には、白い女は見えていない。

「急になんだ」

そう言って外に出た小五郎は、かえでが続かぬことに気づいて顔を見た。

蠟燭のぼんやりした明かりを見つめているかえでは、目を大きく見開いている。

「おい、どうした」

我に返ったかえでは、小五郎に言う。

「見ました。白い女がそこに」

指差したのは、もみじの木だ。

見えなかった小五郎は、かえでの腕を引いた。

「しっかりしろ。行くぞ」

かえでを連れて、尋常でない怯《おび》え方をした男を追って外に出た小五郎は、道を走る。

逃げる男たちは振り向いたが、闇に同化する色合いの忍び装束を身に着けている小五郎とかえでに気づくことなく、裏の武家屋敷に入った。

漆喰《しっくい》の長屋塀を見上げた小五郎は、歩みを進めて忍び込める場所を見つけ、かえでを待たせて音もなく中に入った。

四半刻《しはんとき》（約三十分）後、小五郎が忍び込んだところから、紙に包まれた石が投げられてきた。闇から染み出るように現れた人影は、かえでだ。文《ふみ》を拾ったかえでは、夜道を走り去った。


外の気配に身を起こした左近は、起きようとするお琴を止めた。

「案ずるな、かえでだ」

雨戸を開けて庭に出ると、月明かりの中、目を凝《こ》らさなければ見つけられぬ色合いの装束をまとうかえでが、片膝をついていた。

「岩倉様が睨まれたとおり、動きがありました。あるじ自ら庭を掘り返しに来ておったのですが、突然怯えて、逃げました」

「噂になっている女の霊を見たのかもしれぬな」

「わたしもこの目で見ましたが、お頭《かしら》には、見えなかったようです」

「ということは、本物の幽霊か」

かえでは、怯えた顔をした。

「でも不思議なのです。こちらに来る前に、配下が穴を掘り返しましたところ、骸ではなく、これが出てまいりました」

かえでが布の包みを開いて見せた。

月明かりを受けて光る物を目にして、左近はいぶかしむ。

「屋敷のあるじは誰だ」

「旗本、碕団十郎《さきだんじゅうろう》殿です」

左近の頭に、控えめな面持ちの中に、どこか人を見くだす色がある顔が浮かんだ。

二十五歳の団十郎は、評判がよろしくない。

左近は、かえでが差し出した金の簪《かんざし》を手に取り、拭えぬいやな予感に、顔を険しくせざるを得ない。

「これは、お頭からの文です」

紙を開いて目を通した左近は、空を見上げた。もうすぐ夜明けだ。

「具家殿に、家で落ち合おうと伝えてくれ」

「承知しました」

かえでが走り去ると、左近は部屋に戻り、お琴の手を借りて着替えた。

碕団十郎は、朝になって屋敷に通ってきた一人の若党を捕らえて石畳の部屋に吊るし、血走った目で責め立てていた。

「吉瀬《きちせ》、いい加減に白状しろ！」

汗だくになり、木刀で激しく打ち据《す》えても、若党は苦痛に耐えて黙っている。

「おのれ、あるじを謀《たばか》るとは許せぬ」

団十郎は木刀を捨て、家来が持っていた刀を抜いた。

「口封じをしても無駄だぞ」

戸口でした声に、団十郎が振り向く。

家来が木戸を開け、左近と岩倉を見て息を呑んだ。

「そのほうら、誰の許しを得てここに来た」

「門番には、朝寝をしてもろうた」

岩倉が言うと、家来は怒気《どき》を浮かべ、足下《あしもと》に転がっている団十郎の木刀を拾った。

「勝手に入るとは何ごとか」

言うなり、木刀で岩倉に打ちかかろうとしたが、一足飛《いっそくと》びに懐に飛び込んだ岩倉が、刀の柄頭《つかがしら》で鳩尾《みぞおち》を突いた。

呻《うめ》いた家来が木刀を落とし、両手で腹を押さえて悶絶《もんぜつ》した。

大きな木戸を開けて中に入った左近が、家来に守られた団十郎に言う。

「碕団十郎、そちは民の模範となるべき旗本の立場でありながら、欲望を抑《おさ》えることもできず裏の家に忍び込み、おなごの首を絞《し》めて殺したのか」

団十郎は、余裕の面持ちだ。

「勝手に入って何を言うかと思えば、片腹痛いことよ。いったい何を証拠に、そのような戯《ざ》れ言《ごと》を申すのか」

「では問うが、何ゆえ岩倉家の土地を手に入れようとし、無断でもみじの根元を掘っていた」

「知らん」

「碕団十郎、とぼけても無駄だ。我が配下が、夕べからそちのことを見ておる。岩倉家の庭を荒らしたあと、居室で家臣と話していた悪事のことも、筒抜《つつぬ》けだ」

団十郎は、左近を睨んだ。

「ほざくな浪人、そのような者が、どこにおる」

「ここだ」

背後でした声に驚いた団十郎が、声の主を探した。石畳の部屋の奥にある座敷の板戸が開けられ、忍び装束の小五郎が現れるなり跳び下り、逃げ道を塞《ふさ》ぐ。

驚いた団十郎は、小五郎から離れ、引きつった顔を左近に向ける。

左近が厳しい目をして言う。

「これでも、まだ白《しら》を切るか」

「おのれは、何者だ」

「先日城で会うたばかりだが、覚えておらぬのか」

左近の顔をまじまじと見た団十郎は、本丸御殿で綱吉の背後に座していた左近の顔を思い出し、絶句した。

下がって腰を抜かし、声にならぬ様子の団十郎をそばで見ていた家来の一人が、かばって左近の前に立ち、抜刀《ばっとう》して斬りかかった。

安綱で弾き返した左近は、小五郎が縄を解いて助けた若党を連れて外に出た。

追って出た家来が、若党を守る小五郎に斬りかかった。

小五郎は忍び刀で受け流すと同時に、相手の膝の裏を蹴って倒すや、喉《のど》に切っ先を突きつけて動きを封じた。

別の家来が、左近に斬りかかった。

その太刀筋《たちすじ》を見切った左近は身を引いてかわし、空振りした相手の肩を峰打《みねう》ちした。

騒ぎを知って母屋《おもや》から駆けつけた碕家の家来たちは、左近の一撃で昏倒《こんとう》した同輩を見て怯《ひる》み、間合いを空けて囲んだ。

岩倉と小五郎が、若党をかえでに託して対峙《たいじ》した。

放心している団十郎を守る年嵩《としかさ》の家来が、

「かかれ！　曲者《くせもの》を倒すのだ！」

叫ぶと、応じた五人が、岩倉と小五郎に襲いかかった。

残る三人は、左近に迫る。

袈裟《けさ》斬りにかかってきた家来の一撃を安綱で弾き上げた左近は、胴を峰打ちし、続いて斬りかかる家来の一刀をかわして、額を打った。

呻いて下がった家来が、団十郎とぶつかった。

その衝撃で、はっと我に返った団十郎が、気を失った家来をどかせて叫ぶ。

「やめよ！　このお方は、西ノ丸様だ！」

左近の前で平伏《へいふく》する団十郎を見た家来たちが、刀を引き、その場で左近に向いて平伏した。

安綱を鞘《さや》に納《おさ》めた左近は、団十郎に面《おもて》を上げさせ、金の簪を見せて問う。

「この持ち主に何をしたのか、隠さず話せ」

団十郎は必死に訴えた。

「女が悪いのです。わたしはただ、話をしたくて訪ねただけにございます」

岩倉が口を挟む。

「訪ねたのではなく、勝手に入ったのであろう。手込めにしようとして騒がれたゆえ、絞め殺したのか」

「…………」

袴をにぎりしめて黙っている団十郎は、血走った目を左近に向け、脇差に手をかけた。

「ごめん！」

抜いて腹を切ろうとした時、

「おつうは生きています！」

若党が叫んだ。

団十郎は、驚いた顔を向ける。

「吉瀬、今、なんと申した」

吉瀬は団十郎にうなずき、左近の前に来て平伏した。

「殿は、おつうが死んだと思われ、わたしに始末を命じられたのです」

「顔を上げて、詳しく話せ」

左近に応じた吉瀬は、頭を上げて、神妙な態度で続けた。

「わたしは殿の命に従い、裏の家に入りました。夕方のことゆえ人目を避けて、もみじの根元に穴を掘って、埋めようとしたのです」

「だが生きていた」

「はい。掘った穴に入れるため、脇を抱えた時に、生きているのがわかったのです」

団十郎が怒りをぶつけた。

「おのれ！　なぜじゃ、なぜ黙っていた！」

吉瀬は、涙を溜《た》めた目を団十郎に向ける。

「襲うたことが露見するのを恐れておられましたから、口封じにとどめを刺せと命じられるのが、恐ろしかったのです」

「しかし、わたしが見た時には、確かに息をしていなかった」

「息を吹き返したのでしょう」

吉瀬にそう言われた団十郎は、震える手で指差した。

「そちは、おつうを穴に落とし、土を埋め戻したではないか」

「おつうはまだ意識がありませんでしたから、顔だけ出して土をかけ、殿が格子窓から離れられたのを見て穴から引っ張り出し、見えぬところに隠しました。簪は、その時残っていたのでしょう」

「その者は、今どこにおる」

左近が問うと、吉瀬が顔を向けて両手をついた。

「わたしの実家で暮らしております」

「この場しのぎの、偽《いつわ》りではあるまいな」

「西ノ丸様に、嘘は申しませぬ」

「あとで確かめにゆくが、よいな」

「はは」

左近は、団十郎を見た。

おつうが生きていると知った団十郎は、安堵した顔をしたが、左近を亡き者にせんとしたことを悔《く》い、平伏して詫びた。

「わたしがどうかしておりました。腹を切って詫びまする」

吉瀬も、左近に頭を下げた。

「悪いのは、黙っていたわたしです。お騒がせして、申しわけありませぬ」

左近は、岩倉を見た。

目を合わせた岩倉が、歩み寄って小声で言う。

「誰も殺しておらぬなら、ことを大きくしないほうがよい。裏の屋敷で切腹されては、寝覚めが悪くなる」

左近は微笑んでうなずき、団十郎に向く。

「碕団十郎」

「はは！」

「おうを助けた吉瀬に、感謝するがよい。こたびは罪に問わぬ」

団十郎は額を地面に当て、何度も詫びた。

左近は、吉瀬に問う。

「まだ解《げ》せぬことがある」

「幽霊の噂のことでございますか」

「そうだ」

吉瀬は神妙な面持ちで、左近が持っている金の簪に目をやった。

左近が差し出すと、両手で受け取った吉瀬は、まじまじと見ながら言う。

「この簪は、おつうの母親の、たったひとつの形見にございます。わたしが、落ちた簪に気づかぬまま埋めてしまい、取り戻すこともできぬままになっておりました。おそらく、このことを気にしていたおつうの強い想いが、形となって現れたのではないかと」

「生き霊《いりょう》だと申すか」

吉瀬は真顔でうなずいた。

「おつうは、わたしに気を遣って口には出しませぬが、夜中になると、夢にうなされるように、母の名を呼んでおります。昨夜も、うなされておりました」

「不思議なことではある」

そう言った岩倉が抜刀し、顔を上げて話を聞いていた団十郎に向けて刃《やいば》を振るい、鼻の薄皮を斬った。

呻く団十郎に、岩倉が問う。

「痛いか」

団十郎は涙目になって、何度もうなずいた。

「その痛みは、おつうの胸の苦しみと思え。わたしは近々、妻を娶《めと》って裏の家に暮らす。わたしの妻に近づけば、鼻の傷だけではすまさぬ。わかったか」

「肝《きも》に銘《めい》じます」

団十郎は恐れた様子で言い、左近に平身低頭《へいしんていとう》した。

「今からこころを入れ替え、決して悪事は働きませぬ」

「将軍家と民のために励《はげ》め」

左近は厳しく言い、碕家をあとにした。


家に帰った吉瀬から金の簪を渡されたおつうは、泣いて喜んだ。

生け垣からその姿を見ていた左近は、岩倉を促して道を歩みながら言う。

「おなごに災いがあったゆえ、やはり権八が言うとおりに、家を改築することにしてよかったな」

「わたしも、今それを考えていた。権八には、手間賃を弾むつもりだ」

「それにしても、この世には不思議なことがあるものよ」

岩倉はうなずき、しみじみとした様子で言う。

「離れた場所に姿を現すとは、驚きだ。人の念とは、恐ろしいものだな」

「ともあれ、これで幽霊の噂は消えよう」

第四話　宴《うたげ》の代償

一

江戸は師走《しわす》に入って、今年一番の雪が降った。

西ノ丸では下働きの者たちが、足首の高さまで積もった雪をかいて道を空けている。

だがまだ雪の勢いは衰《おとろ》えず、かいてもまた薄く降り積もる。そんな道を、白い息を吐きながら本丸御殿から戻ったのは、篠田又兵衛だ。

普段は気難しそうな顔をしている初老の男が、今日はいささか、焦《あせ》ったような面持《おもも》ちをしている。

西ノ丸御殿の表玄関を横切った又兵衛は、家臣が出入りする戸口の前で裃《かみしも》の雪を払い、雪駄《せった》を脱いで上がった。そして、長い廊下を歩んで左近の居室へ向かう。

正月を前に、側近の間部と共に藩政に勤《いそ》しんでいた左近は、

「殿、ちとお耳に入れたきことがございます」

廊下に現れるなり、あいさつもそこそこに言う又兵衛を待たせ、書類に花押《かおう》を記した。

間部は、この忙しいのになんだ、という面持ちで、居座る又兵衛を見ている。

普段の又兵衛であれば、ではまたのちほど、と言いそうなものだが、雪で濡れた裃のまま黙って見ている。

終わりの一枚に花押を記した左近は筆を置き、又兵衛を近くに寄らせた。

膝行《しっこう》した又兵衛が開口一番に伝えたのは、江戸城本丸の老中詰め所で起きた言い争いのことだった。揉《も》めたのは、老中格柳沢保明《やなぎさわやすあき》と、近頃何かと柳沢と対立している老中の、冬木相模守有泉《ふゆきさがみのかみありずみ》だという。

間部は、書類を畳《たた》む手を止めて左近を見た。心配そうな顔をしている。

左近は又兵衛に問う。

「揉めた元はなんだ」

「今年の七月から造営がはじまっている、寛永寺根本中堂《こんぽんちゅうどう》のことです。冬木殿が、かかる費用が多すぎるのではないかと疑問をぶつけられたところ、言い争い

になったそうです」

そのことか、と左近はため息を漏らした。

造営総奉行の任に就《つ》いている柳沢は、来年の夏までに落成《らくせい》させるべく、方々から大勢の職人を集めていた。

当然金もかかる。

又兵衛が続ける。

「落成が最優先だと主張される柳沢殿に対し、冬木殿は、空風《からかぜ》が強いこの時季は、大火に備える費用に回すべきだと主張され、互いに声を大きくされたよし」

「ほおう」

不思議に思う左近に、間部が言う。

「常に冷静沈着な柳沢殿が大声を出すとは、珍しいですね」

「うむ。新井白石からも、根本中堂と仁王門《におうもん》を造営している様子は、凄《すさ》まじいものがあると聞いている。冬木殿に水をさされて、気を悪くしたのであろう」

又兵衛が左近に言う。

「どうも、それだけではないようです」

「他に何がある」

「冬木殿は、吉良上野介《きらこうずけのすけ》殿と仲がよろしゅうございますから、吉良殿のご息女《そくじょ》が継室《けいしつ》に入られている島津《しまづ》家のために、なんとかしようとなされたのではないかと」

左近は、先日、本丸御殿で顔を合わせたばかりの、薩摩藩《さつまはん》三代藩主のことを頭に思い浮かべた。

薩摩藩は、綱貴《つなたか》の代になってから天災や火事が頻繁《ひんぱん》に起きたが、優《すぐ》れた人物であある綱貴は民の暮らしを第一に考え、藩の財を注ぎ込んで復興に尽力した。そのため、藩の財政は苦しい。そんな時に柳沢の助役《すけやく》を命じられ、根本中堂のみならず、仁王門の造営にも莫大な資金を提供している。

されど、綱貴は、人に泣きつくような人物ではない。

そう思った左近は、又兵衛に言う。

「冬木殿は、娘の嫁《とつ》ぎ先を案じる吉良殿のために、口を出したか」

又兵衛は、渋い顔でうなずいた。

「おそらく、そうではないかと」

「大老に、との声もある冬木殿と、上様のご寵愛《ちょうあい》により、いよいよ力をつけている柳沢殿の対立は、幕府を二分する大ごとになるのではないか」

「おっしゃるとおり、お二人の言い争いを耳にした者は、皆案じております」

左近は腕組みをして、またため息を漏らす。幕政を担《にな》う二人の対立を、憂《うれ》えずにはいられなかったのだ。左近はこの時、己を巻き込む騒動に発展しようなどとは、微塵《みじん》も思っていなかった。

二

昼まで降っていた雪がやみ、日が差しはじめた。

城から常盤橋御門《ときわばしごもん》内の屋敷に戻った柳沢は、着流し姿になると廊下に出て、白銀が眩《まぶ》しい庭を眺《なが》めていた。

側近の江越信房《えごしのぶふさ》と宮坂松栄《みやさかしようえい》が来たのは、程なくのことだ。

居室に入り、上座に正座した柳沢は、根本中堂の普請場《ふしんば》について話があると前置きし、江越に告げた。

「急ぎ、人手を減らしても落成が遅れぬ方法を考えよ」

江越は驚き、すぐに探る顔を向ける。

「また、冬木殿ですか」

「こたびは、上様のご上意《じょうい》もある」

不機嫌に言う柳沢に、江越は膝《ひざ》を打って悔しがる。

「人を増やしてでも落成を急げとおっしゃったのは、上様ではございませぬか」

「是非もない。上様は今宵《こよい》も、馬場先御門《ばばさきごもん》内にくだられるそうだ」

暗に冬木の屋敷に行ったと言う柳沢に、江越は鼻白《はなじろ》む。

「娘は見目麗《みめうるわ》しいと聞いておりますが、ご執心《しゅうしん》ならば、大奥へ召されればよいものを」

「口が過ぎるぞ江越」

叱《しか》られた江越は、身を乗り出して言う。

「されど、冬木殿は娘を利用して上様のご機嫌を取り、大老の座を得ようとしているのは見え見え。遠慮がいりましょうか」

「江越、口は災《わざわ》いの元だと何度言わす」

「申しわけございませぬ」

江越は平伏《へいふく》した。

「今申したことを、外で話してはおるまいな」

「一言も言うておりませぬ」

「気をつけよ、冬木殿はしたたかな男だ。まさか上様が人を減らせとおっしゃるとは、思うてもみなかった。下手《へた》をすると、潰される」

江越は面《おもて》を上げ、悔しそうな顔をして言う。

「では、おっしゃるとおりに人を減らしますが、いかほど減らせばよろしゅうございましょうか」

「二割、いや、三割ではどうか」

江越は一瞬考える顔をしたが、頭を下げた。

「仰《おお》せのとおりにいたしまする」

「無理を言うが頼む」

「はは」

江越から庭に顔を転じた柳沢は、城でのことを思い出した。

物腰柔らかく接する冬木が、いかにも正論を述べるがごとく普請にかかる費用が多いと指摘した時の得意満面な顔つきは、難癖をつけ、己が上であることを周りの者に見せつけようとしたに違いない。

根本中堂のことゆえ、つい挑発に乗った己が愚《おろ》かであった。

綱吉がご執心の冬木の娘は、譜代大名の久保田《くぼた》家に輿入《こしい》れしている。しかし夫は病弱で、何年も国許《くにもと》にいるため、冬木は頻繁に娘を屋敷に呼び戻し、綱吉に会わせているのだ。

綱吉が人の物を欲しがるのは悪い癖。

柳沢は、そのことに関しては決して口に出さぬが、こころのどこかで、娘を利用してのし上がろうとする冬木への軽蔑《けいべつ》と見くだしがあったのが、こたびの敗因だ。そう思うと、己にも腹が立つ。

柳沢は思わず、拳《こぶし》で膝を打った。

あるじの穏やかでない心中を看破《かんぱ》したのは、下座に控えているもう一人の側近、宮坂松栄だ。

宮坂は膝を進め、

「殿、冬木のことを調べましたところ、急所を見つけました」

そう報告する。

柳沢は、勝手に動いた宮坂に腹を立てたものの、すぐに気持ちを落ち着け、手招きした。

応じて膝行した宮坂が、廊下に控えている小姓にすら聞かれぬよう配慮し、小声で告げる。

耳を傾《かたむ》けていた柳沢は、語り終えた宮坂を見て、

「それは、まことか」

と、確かめずにはいられない。

「間違いござりませぬ」

「そうか。もうよい、二人とも下がれ」

「はは」

退出する側近たちを見送った柳沢は、脇息《きょうそく》に身を預け、考えをめぐらせた。

三

正月を目前にした駿河《するが》の海は、寒さが和《やわ》らいで暖かい日が続いていた。沿岸の丘は梅の花が咲きはじめ、周辺に春の香りがしている。

紅梅《こうばい》に挟まれた道を旅装束《たびしょうぞく》の侍が急ぎ、冬木家の領地、多比《たび》の海辺にある小さな屋敷に駆け込んだ。

その侍は、使者だったらしくすぐに出てきて、来た道を引き返していく。

程なく出てきた屋敷の侍が、使者とは反対の方角に走り、蜜柑畑《みかんばたけ》の道を駆け下りた。

この時、屋敷のあるじ磯田頼時《いそだよりとき》は、身体が飛ばされそうなほど強い海風が吹きつける中、岩場で好物のたこを獲《と》っていた。

強風に煽《あお》られた波が岩にぶつかって飛沫《しぶき》を上げ、背中からかかった。

「おお、冷たい」

と言いつつも、のぞき込んでいる岩のあいだから頭を上げぬ頼時は、右腕を突っ込み、狙った獲物をつかみ上げた。

腕に絡みつくたこに、満足そうな笑みを浮かべる。

「粘った甲斐《かい》があった」

刺身、天ぷら、炊き込みご飯。

今夜のおかずを想像しながら竹籠《たけかご》に入れた頼時の耳に、海風とは違う音が届いた。

人の声だとわかり、陸のほうへ振り向く。すると、慎重に岩の足場を選んでいる若党が目にとまった。

お付きの家来、真壁丈太郎《まかべじようたろう》だ。

幼《おさな》い頃に頼時とこの岩場で遊んでいた時、うっかり岩のあいだに落ちて死にそうになった丈太郎は、岩場を恐れるようになり、供をしなくなっている。

その丈太郎が、恐怖のあまり青ざめながら、必死に近づこうとしている。

よほどのことがあったのだと察した頼時は、竹籠を持って岩から岩に跳び移った。

「丈太郎、そこにおれ」

声をかけると、跳ぼうとしていた丈太郎が、戻る頼時を見て安堵《あんど》の顔をした。

「でかいたこが五匹獲れたぞ。下男下女にも食べさせてやってくれ」

そう言って投げ渡した竹籠を両手で受け取った丈太郎が、岩に置いて片膝をつく。

「若、今夜はこのたこで、祝宴《しゆくえん》といたしましょう」

「何かよいことがあったのか」

「はい、たった今、江戸の上屋敷から使者がまいりました。若の大願《たいがん》が、叶《かな》ったのでございます」

頼時は、胸の鼓動《こどう》が高まった。

「それはつまり、わたしが、将軍家の旗本になれるのか」

丈太郎は、目に涙を浮かべてうなずく。

「二千石を賜《たまわ》るそうです」

「二千……」

身に余ると思う頼時は、言葉が出ない。

顔色をうかがう丈太郎が言う。

「若は、近々大老になられる殿のご子息なのですから、多比藩八万石にくらべれば、少ないほどです」

「そう言うな。江戸に行けるだけで、わたしは嬉しいのだ」

「はは」

「そうと決まれば、今宵は旨《うま》いたこで酒を飲もう」

途端に、丈太郎は戸惑った顔をした。

気づいた頼時は、肩をたたいて、声に出して笑う。

「わたしは飲まぬから心配するな。皆を連れては行けないだろうから、たっぷり飲んでもらい、これまでの礼も言いたいのだ」

丈太郎は微笑《ほほえ》んだ。

「別れは寂しがりましょうが、若のご出世を願う者ばかりですから、喜びのほうが大きいかと存じます」

「うむ」

頼時は、もう来ることができぬ岩場に立ち、駿河の海を目に焼きつけた。

世話になった下男下女や仕《つか》えてくれた家来たちと、ささやかな無礼講の祝宴を開いた。

皆、頼時が旗本になることを喜び、祝いの席は盛り上がった。

そんな中、頼時はふと考えることがあり、丈太郎を呼んだ。

小者と話していた丈太郎は、瓶子《へいじ》を持ってくる。

「若、やはり今日は、お飲みください」

「その前に、聞いていなかったことがある」

丈太郎は瓶子を置いて、居住まいを正した。

「何でしょう」

「旗本への取り立ては、誰の推挙で決まったのだ。父上か」

「申しわけありませぬ。浮かれて、肝心《かんじん》なことを忘れておりました。使者に問いましたところ、上様が殿に、息子はどうしているか、と、お気にかけてくださったよしにございます」

それを聞いて、祝宴の場にいる者たちからどよめきが起こった。

今は亡き母の弟が、隣にいる家来と何やら言葉を交《か》わしている。

頼時は、来てくれても遠慮して言葉を交わさぬ叔母《おば》に顔を向ける。久しぶりに見る横顔は、母の面影《おもかげ》がある。目を離せずにいると、こちらを見た叔母が微笑み、よかった、と声に出さずに言い、笑顔でうなずいてくれた。

頼時は軽く頭を下げて応じ、丈太郎に言う。

「上様直々《じきじき》のお引き立てならば、より一層励《はげ》んでご期待に添わねばならぬな」

「はい。支度で忙しくなりますから、今日は、こころゆくまで飲みましょう」

「うむ」

身体に合わぬ酒だが、酌《しゃく》を受けた頼時は、少しだけ舐《な》めた。そして、杯《さかずき》を差し出す。

「今は大事な時ゆえ、これでやめておく。かわりに皆でたっぷり飲んでくれ」

神妙に受け取った丈太郎は、押しいただくようにして飲み干した。

そして、元禄十一年（一六九八）の正月が明けた二十日、頼時は江戸の愛宕下《あたごした》に拝領した屋敷に入り、旗本として新たな暮らしをはじめた。

広い屋敷には、二千石の家柄に必要なだけの家来や下働きの者が集められ、これまでの暮らしとは一変した。

これも、実父冬木有泉が綱吉の寵愛を受けている賜物《たまもの》。

庶子《しょし》である頼時は、冬木が家老として与えた多比藩の重臣、木南一孝《きなみいっこう》からくどいほどそう説《と》かれても、鬱陶《うっとう》しがらずに、人なつっこそうな顔で応じた。

「まことに、父上には感謝している」

口ではそう言いつつも、胸の奥では、やはりそうか、という複雑な気持ちもある。

微塵も顔に出さぬ頼時は、

「お目にかかって、お礼を言いたいのだが」

こう返すと、木南は四十三歳のわりには深い眉間《みけん》の皺《しわ》をより一層目立たせ、目を伏せた。

「今はお礼のことよりも、旗本としての素養を身につけるのが先でございます」

うまくはぐらかされても、頼時は気を悪くすることなく、新しい家老の言うとおりにした。

旗本になったからといって、すぐにお役に任じられるはずもなく、当面のあいだは暇《ひま》な日々を送ることになる。

わずか五日ほどで、好物のたこを獲りに行っていた日々を懐かしく思い、恋しくもなるのだった。

旗本の心得を学ぶうちに日はすぐに去り、二月一日、頼時は晴れて登城した。

初登城は、諸侯が登城する日と重なり、慣れぬ頼時を案じて、本人よりも家来たちのほうが緊張している。

大手門前で別れる時、丈太郎は、

「殿、落ち着いて、習うたとおりにすればよいのです」

何度も繰り返して落ち着きがなかった。

その時の様子を思い出し笑いする余裕が、頼時にはある。まだ二十歳《はたち》の若者は、腹が据《す》わっているのだ。

本丸御殿で与えられた控えの間では、同部屋の旗本から、冬木の息子という特別扱いは受けずとも、交わす言葉の端々《はしばし》に、遠慮がうかがえた。

中には、

「いずれは、お小姓でございましょう」

と言う者もいれば、

「またたく間に、大名になられましょうな」

と、口調は穏やかだが、刺すような眼差しを向ける者もいる。

禄高《ろくだか》で肩を並べる者が集まる詰め部屋だけに、新参者の頼時は、この時だけは

肩身が狭かった。父のことは、上様のご寵愛あっての出世だと、皆が思うている
に違いないという後ろめたさが、頼時のこころに、深く根づいているからだ。

それでも頼時は、己を奮《ふる》い立たせ、綱吉と綱豊につつがなくあいさつをした。

初対面の綱吉からは、励め、と声をかけられた。

そのことを屋敷に戻って話すと、ただ一言だというのに、お家安泰《あんたい》だと喜ぶ丈太郎は、呑気《のんき》なものだ。

同座した家老の木南も喜び、

「まずはひとつ、無事終えられました。今宵は、家臣一同を集めて酒宴といたしましょう」

珍しく柔らかな物言いですすめた。

だが丈太郎は焦り、

「殿は、酒をお召し上がりになりませぬ。明日の昼間に、茶会といたしましょう」

即座にこう切り出した。

初耳の木南は、驚いた顔で頼時に問う。

「お父上様と兄上様は酒豪でございますのに、一滴もお召し上がりになれませぬ

のか」

頼時は笑って首を振る。

「飲めないことはないが今は控えているから、丈太郎が申すとおり茶会がよい」

「はあ、さようで」

木南は引き下がり、思いついた顔をした。

「では、せっかくでございますから、茶会の日取りを三日後に定め、ご本家にもお声がけいたしましょう」

頼時は身を乗り出す。

「父上を招いてくれるのか」

「応じてくださるかはお約束できませぬが、お声がけをしてみます」

濁《にご》されても、頼時は期待してうなずいた。

「よろしく頼む。是非にも、来ていただきたいのだ」

「これよりさっそく、ご本家に行ってまいります」

木南は頭を下げ、多比藩の上屋敷に向かった。

帰りを待った頼時は、夜になって木南と対面した。

「どうであった」

「お父上様はご多忙ゆえお目にかかれず、お留守居役《るすいやく》に託してまいりました」

「留守居役の様子はどうであった。見込みはありそうか」

「お留守居役も、殿が旗本に取り立てられたことを喜んでおられ、お父上様が戻られ次第ご進言申し上げるとお約束くださいましたから、お越しいただけるのではないかと存じます」

頼時は、膝に置いていた手で袴《はかま》をにぎりしめた。

「それは何より。茶会が楽しみだ。支度をよしなに頼む」

「はは」

木南は、一瞬だけ頼時の手元を気にしたが、頭を下げて、部屋から出ていった。

三日後に開かれた茶会には、父有泉ではなく、嫡子《ちやくし》有正《ありまさ》が名代《みようだい》として参加した。

領地で生まれ育った頼時は、江戸の上屋敷で正室の昌《まさ》が産んだ有正と会うのは初めてのことだ。

ひとつ年上の腹違いの兄は、初めて見る弟によそよそしい。

口を開けば小馬鹿にした物言いで、本家の嫡子であることを笠《かさ》に着て威圧してくる。

通された客間では、部屋を見回して品がないと罵《ののし》り、頼時が自ら点《た》てた茶を出せば、不味《まず》そうな顔をした。

初めから、田舎者《いなかもの》と侮《あなど》っているのが見え見えだが、そんな時も、頼時は仏顔を崩さない。終始穏やかに接し、気遣《きづか》いを怠《おこた》らぬものだから、丈太郎などは負けた気がするらしく、不服そうだ。

有正は図に乗り、頼時が腰に帯《お》びていた小《ちい》さ刀《がたな》に目をとめ、指差す。

「よいこしらえの物を差しているな」

頼時は己の腹に目を向け、兄に微笑む。

「亡き母上から、賜りました」

「見せてくれ」

求められるまま腰からはずして差し出すと、奪い取るようにした有正は、抜刀《ばっとう》して、刀身をまじまじと見つめた。

「なかなかの業物《わざもの》。これは、父上が贈られた物だな」

「そうとは聞いておりませぬが、母が守《まも》り刀《がたな》にしていた物を、殿中《でんちゅう》差《ざ》しにしました」

「形見か。大事にいたせ」

鞘《さや》に納《おさ》めて差し出され、頼時はうやうやしく受け取った。

有正が言う。

「そちの暮らしぶりは父上の耳に入っていた。旗本になったからには、これまでのように好き勝手にすることは許されぬ。行動を慎《つつし》み、用心しなければ、そちどころか、冬木家の存続に関わる。しかと肝《きも》に銘《めい》じて励め、と、これは父上のお言葉だ。よいな」

厳しく言われて、頼時は神妙に頭を下げた。

有正は見下ろして問う。

「父上が、田舎暮らしのがさつ者であるそちのことを案じておられる。少しは、所作《しょさ》を学んできたのか」

「自分なりに」

「ふん、自分なりとはいい加減だ。木南、殿中で粗相《そそう》をされては冬木家の恥《はじ》となる。今日からみっちり鍛えてやれ」

「はは」

応じる木南を横目に、有正が頼時に言う。

「上様は学問を好まれる。どうせ持っておらぬだろうから、書物を持ってまいった」

有正が手を打ち鳴らすと、家臣たちが入り、頼時の前に書物を積み上げた。

「上様は、旗本を集めて御自《おんみずか》ら講義をなされることがある。いつお声がかかってもよいように、すべてに目を通しておけ」

そう言って、茶会の途中で帰ろうとする有正に、頼時は平身低頭《へいしんていとう》した。

「兄上、ひとつおうかがいしたきことがございます」

「父上のことなら、お忙しいゆえ、そちに構っている暇はないぞ」

「承知しております。お教えいただきたいのは、西ノ丸様のことです」

「西ノ丸様の、何を知りたいのだ」

「お目にかかりとうございます」

有正は眉間に皺を寄せた。

「何を言うかと思えば、突拍子《とっぴょうし》もないことを」

「お父上に、口添えをお願いできませぬか」

「何ゆえお目にかかりたいのだ」

「名君の声が多比にも届いておりましたゆえ、改めて、ごあいさつをしとうございます」

正直な気持ちを伝えると、有正はこの日初めて、表情を柔らかくした。

「そちの気持ちはようわかる。わたしも、一度ゆるりと話してみたいお方だ。しかし、上様を差し置いて西ノ丸様に会うのは、危ういことだ。やめておけ」

そうなだめられては、引き下がるしかない。

頼時は頭を下げて承知し、帰る兄をその場で見送った。

表門まで見送りに出た木南を、駕籠《かご》に乗った有正が手招きした。

駕籠のそばで片膝をつく木南に、小声で言う。

「母上が案じておられる。頼時を上屋敷に近づけるな」

「承知しました」

戸を閉めて発《た》つ駕籠を見送った木南は、思惑がありそうな眼差しをしている。

それから数日のあいだ、頼時は兄の言いつけに従い、書物に目を通していた。

退屈な日々だったが、天のお導きか、次の登城日に、綱豊に会う幸運に恵まれた。

本丸御殿の廊下を歩んでいた頼時は、前から曲がってきた人物が綱豊だとわかり、慌《あわ》てて端に寄って平伏した。そして、前を通り過ぎる足音をはかり名乗り出た。

「名君との誉《ほま》れ高き西ノ丸様にごあいさつさせていただける幸運に恵まれ、祝《しゆう》着至極《ちやくしごく》にございます」

そう付け加えると、足を止められ、

「民のために励まれよ」

たった一言だが、頼時には十分だった。膝を転じて平伏し、胸を躍《おど》らせながら、憧《あこが》れの人を見送った。

四

夕方になって西ノ丸に帰った左近は、着替えをして居室でくつろいでいた。

遅れて戻った又兵衛が訪ねてきて、微笑ましく言う。

「磯田頼時殿は、なかなかの好人物でございますな。殿は、いかが思われましたか」

「見ておったのか」

「はい。殿を見送った磯田殿は、それはもう嬉しそうな顔をしておりました。目下の者から慕《した》われるというのは、結構なことにございます」

左近は、廊下で出会った若者のことを思い出していた。

優しい面持ちの中に、どこか陰があるのは気になるが、大目付として数多《あまた》の人を見ている又兵衛がそう言うのだから、好人物なのだろう。

又兵衛が、眉《まゆ》をひそめて言う。

「磯田殿は、冬木殿の庶子だと存じておられますか」

「耳にはしているが、詳しいことは知らぬ」

「上様が直々に、旗本に取り立てられたそうです。いずれはお小姓としておそばに置くおつもりだとか」

「そうか」

「上様の覚えめでたい冬木殿の勢いは、あの柳沢殿を凌《しの》ぐほどですから、血を分けた息子がおそばに仕えれば、ますます発言力が増されましょう。そんな冬木殿と言い争いをした柳沢殿は、焦っておられるご様子。争いの元となった根本中堂のことですが、柳沢殿は折れて、普請場から人を減らしたそうです」

人を減らしたことは知らなかった左近は、憂えずにはいられない。

「柳沢殿は、容易《たやす》くあきらめたりはせぬ。人を減らしても落成を急がせようから、普請場で働く者にしわ寄せがいかなければよいが」

職人たちの身体を案じるいっぽうで、冬木と柳沢の対立が大きくならぬことを願うばかりだ。

解《げ》せぬのは、神社仏閣《じんじゃぶつかく》にかかる費用を減らそうとしている冬木を、綱吉が寵愛すること。

綱吉が頻繁に冬木の屋敷を訪ねていることは左近の耳にも入っていたが、側近中の側近である柳沢を差し置いて、大老職に就くと噂《うわさ》されるまでになったのはなぜか。

冬木の娘に綱吉がご執心なのを知らぬ左近は、やはり冬木の人格であろうと思い、又兵衛に言う。

「冬木殿とは、一度じっくり話をしてみたい」

「おそらく殿とは、話がお合いになろうかと存じます」

「なぜそう思う」

「冬木殿は、柳沢殿と争うために揉めたわけではなく、江戸の民のことを親身になって考えておられるからです。小判の改鋳《かいちゅう》で得られた公金の使い道を改め、火事に備えて密集している場所の家を立ち退《の》かせ、火除地《ひよけち》を広く保つよう幕閣の方々に説かれているそうにございます」

「そのようになりそうか」

「柳沢殿に忖度《そんたく》する者と意見が割れているらしく、なかなか難しいようです。何せ柳沢殿には、あの御仁《ごじん》がついておりますからな」

「荻原《おぎわら》か」

又兵衛はうなずく。

小判改鋳を押し進める勘定奉行《かんじょうぶぎょう》の荻原重秀《しげひで》は、幕府公金を大幅に増やした功績で、今や飛ぶ鳥を落とす勢い。

幕政にかかる財源をにぎっている荻原が柳沢についている限り、いかに冬木といえども、大きな改革はできまい。

左近は又兵衛に言う。

「冬木殿の考えを直《じか》に聞いてみたいものだ」

「では、明日にでもお声がけして、西ノ丸に来ていただきましょう」

この時、廊下に小姓が来た。

「殿、ご老中の冬木様がお目通りを願われております」

願いが通じたのかと思った左近は、又兵衛と顔を合わせて笑った。

「書院の間にお通ししろ」

「はは」

小姓が下がり、程なく、冬木が書院の間に入った知らせが来た。

左近は又兵衛を従えて表御殿に向かい、入の間から上段の間に出た。

下段の間の中央に座していた冬木がそれを見て、うやうやしく平伏した。

上段の間に座した左近は、面を上げさせ、近くに寄らせた。

移動した冬木が、ふたたび頭を下げる。

「突然押しかけた無礼を平にお許しください」

「よい。余《よ》もじっくり話を聞いてみたいと思うていたところだ」

「おそれいりまする」

顔を上げぬ冬木の態度に、左近は疑念を抱いた。

冬木は、左近の立場を知る数少ない人物。飾りにすぎぬ己になんの用だろうかと思い、先回りをして問うてみる。

「柳沢殿と、何かあったのか」

「いえ、本日は、我が愚息《ぐそく》、頼時のことでお願いに上がりました。前もってご都合をうかがうのが礼儀でございますが、いても立ってもおられず、股立《ももだ》ちを取って参上つかまつりました」

「そう改まらずともよい。楽にして話されよ」

「はは、おそれいりまする」

両手をついたまま顔を向けた冬木が言う。

「我が愚息めが上様のおそばにお仕えするまでに、是非とも、西ノ丸様に鍛えていただきとうございます。勝手ながら、上様のお許しを得て、お願いに上がりました」

又兵衛が驚き、口を挟む。

「貴殿は大老になろうかというお方。殿のお手をわずらわせずとも、冬木家でいくらでも鍛えられましょう」

「親子では甘えが生じます。何とぞ、お願い申し上げます」

平身低頭して懇願《こんがん》する冬木に、又兵衛は閉口した。

断る理由がない左近は、

「よかろう」

快諾《かいだく》すると、又兵衛が驚いた顔を向けた。

冬木はようやく頭を上げて顔を見せ、安堵の笑みを浮かべた。

「時に冬木殿、柳沢殿とは、その後どうか」

途端に表情を険しくした冬木は、うつむき気味に言う。

「普請に関わる職人を減らし、費用も減らしたようですが、火除けにかかる費用には、回ってきませぬ」

「それは、勘定奉行の差配でか」

冬木はそうだとは言わず、表情に困惑の色をにじませる。

「町の者を立ち退かせて火除地にするには、莫大な費用がかかります。勘定方には、そこを突かれました。いま回せる費用で作れるだけの火除地では、とても火を抑《おさ》えることはできぬゆえ、それこそ無駄金だ、などと言われてしまいました」

「それで引き下がるとは、ずいぶん弱気ですな」

また口を挟む又兵衛に、冬木は不機嫌になるどころか微笑んだ。

「一気に火除地を広げたかったのですが、柳沢殿が折れてくださったゆえ、今はそれがしも、強くは言えぬのです。使える費用だけで、徐々に広げていくことにしました」

揉めごとを避けようとしている冬木の心構えがわかり、左近はひとまず安堵した。

「何かと気がかりであろう。頼時殿のことは、西ノ丸でお預かりするゆえ心配なさらず、政《まつりごと》に励まれよ」

「まことに、おそれいります。ではさっそく倅《せがれ》めに申し伝えますが、いつからお受けくださいますか」

「明日からでも構わぬ」

「はは、お願い申し上げます」

冬木は何度も頭を下げて退出した。

見送った又兵衛が、首をかしげながら左近に言う。

「親子では甘えが出るという気持ちはわからぬではありませぬが、どうも、押しつけられたような気がします。それがしの考えすぎでしょうか」

「冬木殿は、今が大事な時だ。上様のおそばに仕える息子に落ち度があってはならぬと、用心されておるのだろう」

居室に戻ろうとすると、間部が来た。左近に頭を下げて近づき、厳しい面持ちで言う。

「磯田殿をお預かりするのですか」

「うむ」

「ご用心なされたほうがよろしいかと」

「どういう意味だ」

「万が一磯田殿が、上様のおそば仕えで粗相をいたせば、殿がお叱りを受けるやもしれませぬ」

又兵衛が目を見張った。

「さては、冬木殿は己に累《るい》が及ばぬよう用心したか」

間部は真顔でうなずき、左近に言う。

「磯田殿は、一癖《ひとくせ》あるのかもしれませぬ」

「もう引き受けたことだ。上様の小姓にふさわしい者かは我らが判断し、危うければ、余が上様に申し上げて、なかったことにしていただく」

間部はうなずいた。

「では、しかと見守ります」

又兵衛が間部に言う。

「見た限りは、人のよさそうな者であったが」

「油断はなりませぬ」

「わかっておる。殿に累が及ばぬよう、それがしがみっちり仕込んでやるとしよう」

　又兵衛は張り切った様子で、間部に案ずるなと言った。

五

　磯田頼時が西ノ丸に来たのは、翌日の昼前だった。

「尊敬する西ノ丸様にお仕えでき、恐悦至極《きようえつしごく》に存じます」

　そう言った頼時は、目を輝かせ、希望に満ちたいい顔をしている。

　左近は、

「又兵衛がなんなりと教えてくれる。余を上様と思い、小姓勤めに慣れるがよい」

　そう告げ、頼時の西ノ丸暮らしがはじまった。

　期待に応《こた》えようと懸命な頼時の勤勉ぶりは、又兵衛を感心させるほどだった。

　顔つきに表れているように性格も穏やかで、細やかな気配りもできる。

　左近に仕える古参の小姓とも打ち解けた様子を見ていた間部は、左近と二人きりになった時に、

「思い過ごしだったようです」

と、安心したようだった。

とある日の朝、月代《さかやき》を整えてくれる頼時に、左近は生《お》い立《た》ちを訊《き》いた。

「そなたは、どこで生まれたのだ」

「多比城の奥御殿です」

「何ゆえ、冬木の姓を名乗らぬ」

鏡越しに映《うつ》る頼時の顔が曇ったが、それは一瞬のことで、ふたたび笑みを浮かべて言う。

「わたしが八歳の時に母が急死してしまい、不憫《ふびん》に思われた父の計らいで、当時の筆頭家老に引き取られました。養父母はすでにこの世になく、そのまま姓を名乗っているのです」

江戸の上屋敷に冬木の正室と嫡子がいることは、周知のとおり。

事情がわかった左近は、江戸に来るまでの暮らしぶりを教えてくれた頼時に、己の境遇に近いものを感じた。

「西ノ丸の暮らしは、肩が凝《こ》らぬか」

左近の問いに、頼時は髷《まげ》を結《ゆ》いながら言う。

「皆様がよくしてくださいますし、こうして西ノ丸様のお世話ができるのは、何よりの喜びでございます」

おそらく綱吉にも同じことを言うだろう。だが、その場しのぎで調子のいいことを並べているようには思えない。頼時は、今いる場所での暮らしを楽しもうとしているのだ。

できそうで、なかなかできるものではない。

こういう人物がいるだけで、周囲が自然と明るくなる。

その証《あかし》に、他の小姓たちは、頼時といる時は自然と笑みがこぼれ、前にも増して、気配りができるようになった。

左近は、綱吉はよい小姓を得られると思い、引き続き丁寧《ていねい》な指導を重ねた。

時は流れ、庭の水仙《すいせん》が咲く頃になると、頼時は小姓の仕事をそつなくこなせるようになっていた。

殿中での作法を事細かに指導していた又兵衛が、お琴の家から戻った左近の前に来ると、上機嫌で言う。

「お琴様は、息災《そくさい》でございましたか」

「うむ」

「それはようございました」

「頼時はどうだ」

五日ぶりに様子を訊く左近に、又兵衛は満足そうな顔で応じる。

「さすがは冬木殿のご子息です。飲み込みが早く、仕草も気品があり、言うことはござりませぬ」

「では、お声がかかるのを待つだけか」

「実は本日、本丸御殿でばったりと冬木殿にお会いし、いつでも上様のおそばに仕えられると申し上げたところ、たいそう喜ばれまして、さっそく上様にご報告し、再来月の一日から、ご奉公できるようにするとおっしゃいました」

「では、余に仕えるのは、あとひと月半ほどか」

又兵衛が驚いた。

「おや、お寂しいのですか。先走って、いらぬことをいたしましたか」

左近は笑みを浮かべて首を振る。

「頼時のためには、早いほうがよい」

「まあ、まだそうと決まったわけではありませぬから」

うかがうような顔をする又兵衛に、左近はうなずいた。

翌日、頼時の家老の木南が西ノ丸を訪ね、左近に目通りを願った。

書院の間にて、又兵衛と頼時を同座させて面会すると、下段の間の廊下で待っていた木南は、平伏してあいさつの口上を述べたあとに、報告した。

「今朝早く、ご公儀よりお達しがございました。おかげさまをもちまして、我が殿は、再来月の一日より、上様のおそばにてご奉公することが決まりました」

左近は笑みを浮かべてうなずいた。

「それは祝着。頼時、励め」

頼時は左近に両手をつき、目に涙を浮かべて礼を言った。

「これで、母を喜ばせることができます」

庶子ゆえに、母亡きあとは辛《つら》い思いをしたであろう。

境遇は、左近も同じ。母を早くに亡くし、庶子という理由で家老の新見家に預けられた左近は、養父母に育てられた。つい、己と重ねた左近は、晴れて旗本として家を興《おこ》す頼時のことを、自分のことのように喜んだ。

「頼時、今より三日暇を出す。屋敷に帰って、ゆっくり休むがよい」

「では、お言葉に甘えさせていただきます」

笑顔で素直に応じた頼時は、木南と共に西ノ丸御殿を出た。

六

西ノ丸大手門前で待っていた丈太郎は、頼時を見つけると、嬉しそうに駆け寄り頭を下げた。

「殿、おめでとうございます」

頼時は笑顔で応じた。

「思っていたよりも早くお仕えできることになったのは、西ノ丸様のおかげだ。ゆっくり休めとおっしゃり、三日ほど暇をいただいた」

「連日のおそば仕えで、お疲れでございましょう」

「今日は、たこを肴《さかな》に酒を飲みたい気分だ」

これには木南が賛同した。

「それはよいですな。皆で祝いましょう」

丈太郎は言う。

「なりませぬ。今は大事な時ですから」

木南は不服そうな顔をした。

「真壁殿、何を焦っておられる。まるで殿が酒乱のように聞こえるぞ」

丈太郎は目を泳がせ、頼時は笑った。

「わたしは酒を飲むと、正体を失うからだ」

木南が驚いた顔を頼時に向ける。

「まことですか」

「去年の冬に、酒に酔って叔父《おじ》の家から帰ったつもりが、途中の竹藪《たけやぶ》で眠っていたのだ」

丈太郎が言う。

「小雪が降る日でございましたから、それがしがお迎えに行かなければ、命を落とされていたかもしれぬのです」

木南は声に出して笑った。

「男というものは、酒で一度や二度失敗をするものです。真壁殿、それしきのことで禁酒をされるのは、厳しすぎであろう」

「しかし……」

「とにかく、今日はめでたい日だ。殿、思う存分、飲みましょうぞ」

「うむ」

「殿……」

心配する丈太郎に、屋敷から出ぬから大丈夫だと言った頼時は、今日は酔いたい気分だった。

そして、三人でささやかな酒宴を催《もよお》し、少々気分がよくなった頼時は、父の家来である木南に対し、胸に秘めていることを言おうとした。だがその前に、酒に酔った丈太郎が、赤い顔で頼時の前に座し、銚子《ちょうし》を向けてきた。

「殿、これで、やっと念願が叶いますね。近いうちに必ず、お父上様と膝を突き合わせてお目にかかれます」

「うむ」

言葉を呑《の》み込んだ頼時は、酌を受けた杯を膳《ぜん》に置いた。

「飲まれませぬのか」

そう言った丈太郎は、不安そうな顔をしている。

心底を読み取った頼時は、

「もうやめておこう」

と笑って言い、右の下座に顔を向けた。

座している木南は、話を聞いていない様子で、黙然《もくねん》と飲んでいる。

頼時は銚子を持って木南の前に座し、酌をしながら訊いた。

「父上は、わたしと会《お》うてくださるだろうか」

木南は杯を押しいただき、飲み干した。そして、頼時と目を合わせた。

「今は、なんとも……」

頼時は肩を落とした。

「まだ、難しいか」

丈太郎が言う。

「木南殿、問うてみなければわかりますまい」

「それゆえ、なんとも答えられぬと申し上げたのだ」

頼時は期待をした。

「では、明日にでも問うてみてくれぬか。暇をいただいているうちに、お目にかかりたい」

「今少し、お待ちになられたほうがよろしいかと」

よい返事をしない木南に、丈太郎が嚙《か》みつく勢いで不服を訴えた。

「殿は上様のおそばに仕えることが決まったというのに、何ゆえならぬのです」

「丈太郎、よせ」

「しかし……」

「江戸に来られただけでもよしとせねばならぬ。そうであろう、木南」

顔を見ると、木南は目をそらし、難しい面持ちをしている。

「そのような顔をするな。今日は、祝ってくれ」

銚子を向けると、木南はようやく笑みを浮かべ、杯を差し出した。

「殿も、お召し上がりください」

「うむ」

木南の酌を受けた頼時は、酔わぬうちに、

「眠くなった。あとは、おぬしたちだけでやってくれ」

そう言って、付き添おうとする丈太郎を残し、自室に戻った。

見送った丈太郎が、怒った顔で木南に詰め寄る。

「殿は、お父上様にお目にかかるのを切望なされております。何ゆえ、突っぱねられるのですか」

木南は、厳しい顔で見た。

「何年おそばに仕えておるのだ。事情がわからぬおぬしではあるまい」

「しかし……」

「頼時様が上屋敷にゆけば、ご正室のお昌の方様が不機嫌になられる。お父上様は、ご正室様のおかげで今の地位まで昇ることができたと思うておられるのだ。それゆえ、ご正室様の機嫌をそこねるような真似《まね》はなさらぬ」

「では、別の場所ではいかがですか」

「それもならぬ。ご正室様は、ご側室様を今でも嫌《きろ》うておられるのだ。その血を引く息子と殿が密《ひそ》かにお会いになったことが耳に入れば、仕置きを受けられるのは誰か、わかっておろう」

「親子が会えぬというのは、悲しすぎます」

「やめておけ、ご正室様の怒りを買えば、離れている頼時様はともかく、あのお方にとっては、よいことはひとつもない」

　そう言われるが、丈太郎は納得しない。反論しようとしたところに、頼時が戻ってきた。

「扇《おうぎ》を忘れた」

　そう言って部屋に入ると、丈太郎が上座に行き、脇息の下に置かれていた扇を取ってきた。

　受け取った頼時は、うつむいている丈太郎に言う。

「あまり、木南を困らせるな」

聞いておられたのですか、という顔を上げた丈太郎が、ばつが悪そうにする。

頼時は仏顔で言う。

「今はまだ無理でも、上様のおそばに仕えて出世すれば、昌殿も、認めてくださろう」

「さすが英明な殿、よいご判断と存じます」

頭を下げる木南に、頼時は微笑む。

「英明などと言わないでくれ。わたしは、そのような者ではない。丈太郎、眠気覚ましに、剣の相手をいたせ」

「はは」

稽古場《けいこば》に行こうとする二人を、木南が止める。

「学問を優先していただかなくては、この木南が殿から罰を受けまする」

堅苦しい物言いをする木南に、頼時は顔色を変えずに言う。

「まだ酒が残っている。学問は明日から励むゆえ、案ずるな」

「はは」

頼時は丈太郎と稽古場で向き合い、木刀を正眼《せいがん》に構えた。

対する丈太郎は八双《はっそう》に構え、先に打ちかかる。

激しく木刀をぶつけ、鍔迫《つばぜ》り合《あ》いをする頼時の目には、涙が浮かんでいる。

はっとする丈太郎を押し返した頼時は、切っ先を向けて迫り、胸に溜《た》まった怒りを発散するべく打ち込もうとしたが、格子窓《こうしまど》の外に気配を感じて、振り上げていた木刀を下ろした。

「気が変わった。やはり木南が言うとおり、上様の呼び出しに備えて学問をしよう」

きびすを返す頼時に、丈太郎は片膝をつく。

「今しばらくの、ご辛抱《しんぼう》にございます」

「うむ」

頼時は振り向かず、自分の部屋に戻った。

七

総登城が間近となったある日の午後、西ノ丸で、通鑑綱目《つがんこうもく》第二十五巻を読もうとしていた左近は、興味ありげに見ている頼時に問う。

「学問は好きか」

頼時は、困った顔のまま笑みを浮かべた。

「正直に申しますと、剣や弓の稽古のほうが性に合っております。それを案じた父から、山のように書物を送られたものですから、一通り目を通しましたものの、退屈な物ばかりで困っているところにございます」

「では、これはどうか」

まずは一巻からはじめろと言い、通鑑綱目を差し出した。

押しいただいた頼時は、さっそく目を通しはじめた。

左近も読み物に戻り、しばらくして様子を見ると、頼時は興味を持ったらしく、夢中で読み進めている。

「どうか」

問うと、頼時は嬉しそうな顔をした。

「おかげさまで、よい書物に出会えました」

「それはよかった」

ならば明日にでも、白石の私塾へ連れていってやろうと思う左近であったが、頼時は綱吉の小姓になる身。白石に学ばせるは出過ぎた真似と自重し、話題を変えた。

「将軍家には、優れた学者が仕えている。上様は武より文を重んじられるゆえ、冬木殿は書物を送られたのだ。退屈な物でも疎《おろそ》かにせず学べば、見識をより備えられる」

「はは、もう一度、学びなおします」

　そこへ、又兵衛が来た。

「ただいま戻りました」

　今日も本丸御殿におもむいていた又兵衛は近頃、左近の附家老としての役目よりも、冬木と柳沢の対立が深まることを案じて目を向けている。その又兵衛が、頼時に微笑み、そなたにとってよい話だ、と告げた。

　頼時が一度左近を見て、又兵衛に訊く顔を向けた。

　左近の前に正座した又兵衛は、穏やかな面持ちで言う。

「つい先ほど本丸御殿で耳にしたのですが、冬木殿が大老に任ぜられることが決まったそうです」

「そうか」

「頼時殿にも恩恵があろう。よかったの」

　頼時は、かしこまって礼を述べたあとで、左近に言う。

「父が大老になろうとも、その威光にすがらず、役目に励むつもりです」

「よいこころがけだ」

左近は、頼時らしいと思い、安堵した。

又兵衛が左近に言う。

「殿、上様がお呼びでございます」

「冬木殿のことか」

「いえ、茶にお誘いでございます」

珍しいこともあるものだと思った左近は、頼時のことを聞きたいのだろうと察し、支度をして急ぎ本丸にのぼった。

案の定綱吉は、頼時をそばに仕えさせる前に確かめたかったらしく、自ら点てた茶を振る舞いながら、学問にどれほど通じた者かなど、細かいことを訊いてきた。

人をあまりそばに置かぬ綱吉だ。

今になって、どのような人物か心配になったのだろうと思った左近は、日々の様子を詳しく話した。

黙って聞いていた綱吉は、顔をほころばせた。

「なかなかの好人物であるな。では、余が自ら、学問を教示してやろう」

「大いに喜びましょう」

「ところで、又兵衛から冬木のことは聞いたか」

「はい」

「柳沢などは不機嫌になっておったが、そちはどう思う」

綱吉の目つきが一瞬厳しくなったのを見逃さぬ左近は、反対をするはずもなかった。

ただ、根本中堂にかかる費用のことで柳沢と冬木が揉めたことは案じていたと、正直に述べた。

綱吉は、そのことか、と声に勢いをなくし、ため息をついた。

「母上には小言を言われたが、寺社の建立《こんりゅう》に大金を使えば、不満に思う者がいるのも事実。冬木の言うことも捨ておけぬゆえ、こたびは柳沢に折れてもろうたのだ」

「そうでしたか」

「しかし、人の口に戸は立てられぬ。冬木が余に娘を差し出しているという噂は耳にしておるか」

左近は初耳だった。

「いえ、存じませぬ」

「まことか」

真意を探ろうとする綱吉の目を見て、うなずいた。

「そのような噂があるのですか」

綱吉は目を下に向け、また、ため息をつく。

「知らぬならよい、忘れてくれ」

左近は憂えた。

「ひとつ、無礼を申します」

「冬木親子を取り立てたのは、かの者の娘を寵愛しているからかと言いたいのか」

「ふと、思いました」

綱吉は笑った。

「否定はせぬ。だが、冬木の実力のほうが大きい。息子のことも、そなたの話を聞いて、取り立ててよかったと思うておる。働き次第では、出世もさせてやる」

「それを聞いて安心しました」

「急に呼び出してすまなかった。次の総登城で、冬木に大老を申し渡す。頼時にも、余が自ら小姓を申しつけるゆえ、そのつもりでいてくれ」

「はは」

「下がってよい」

左近は平伏し、綱吉の前から立ち去った。

西ノ丸に戻り、頼時に総登城の日のことを伝えると、神妙な面持ちで頭を下げた。

左近が問う。

「不安か」

「いざとなると、恐ろしくなってきました」

「そう難しく考えるな。余に仕えてくれたとおりにいたせば、上様は満足される。それから、落ち着いた頃に学問をご教示くださるゆえ、そのつもりで支度を怠らぬように」

「はは、承知いたしました」

「今日は下がって休め」

「あの、西ノ丸様」

「うむ？」

「父のことは、まことでしょうか。父の悪い噂は、それがしも存じておりました」

「大老に上がられるのは、冬木殿の力あってのことだ」

左近が気にするなと言うと、そばで聞いていた又兵衛が口を挟んだ。

「頼時殿、まだ納得せぬ様子だが、どのように聞いておったのだ」

頼時は、いつもの仏顔を横に振る。

「今は、何も案じておりませぬ」

「ならよいが、大老ともなれば、諸侯から注目の的《まと》になる。中には嫉妬《しっと》する者もおるから、一のことを百にして広め、悪い噂が立つことがあるのだ。何を聞いておったか知らぬが、噂などは、気にせぬことじゃぞ。上様のおそばに仕えるようになれば特に、噂に踊らされてはならぬ」

その言葉を聞いて、にわかに涙を浮かべた頼時を見て、又兵衛は驚いた顔をした。

「これ、何を泣いておる」

頼時は目元を拭《ぬぐ》った。

「西ノ丸様と篠田様のおかげで、胸のつかえが取れました。お教えを肝に銘じて、明日から励みまする」

左近は涙の意味が気になったが、頼時の笑顔を信じて訊かなかった。

八

数日後に登城した頼時は、将軍綱吉直々に、ひと月後からそばに仕えるよう命じられた。

綱吉の背後に座している左近に一瞬だけ目を向けた頼時は、綱吉にうやうやしく平伏し、命を賭《と》して仕えることを誓った。

ひと月は長いようだが、学問など覚えることが山ほどある頼時には短すぎる。

今日より西ノ丸に仕えることを免じられたため、白書院《しろしょいん》を辞した頼時は、愛宕下の屋敷に戻って学問に励むべく、控えの間に急いでいた。

すると、案内役の茶坊主が立ち止まり、振り向いて言う。

「磯田殿、せっかく登城されているのですから、いずれ同輩になられる小姓の方々にごあいさつをされてはいかがですか」

それもそうだと思った頼時は、案内を頼んだ。

微笑んで応じた茶坊主は、

「まずは、今からお目にかかれるかどうか確かめてまいりますから、こちらでお待ちを」

誰もいない部屋に案内してくれた。

障子を開けたまま、部屋の下手に座していると、廊下を歩いてくる足音と共に、話し声が聞こえてきた。

「冬木殿は、娘を上様に献上した甲斐があったな」

「まったくだ。美しい娘を持って、運がよい」

「だが、娘を娶《めと》っている大名の身になれば、辛いぞ」

「おぬしは、奥方と仲睦《なかむつ》まじいからな。気持ちがわかるのかもしれぬが、久保田殿はたかが一万石の小大名だ。まして相手が上様なら、あきらめるしかないだろう」

「よう耐えておられる」

「久保田殿は、病《やまい》で江戸に戻られぬのが、せめてもの救いだ」

「病は重いと聞く。このことを、ご存じないかもしれぬな」

「そうあってほしいものだ」

部屋の前で立ち止まって話していた二人の侍は、障子の陰に隠れた頼時に気づくことなく歩んでいった。

目をつむって感情を押し殺した頼時は、仏顔をしている。

程なく戻った茶坊主が、申しわけなさそうに言う。

「今日は忙しくて会えぬと言われました。こちらからお誘いしておきながら、申しわけありませぬ」

「よいのです」

茶坊主の案内で控えの間に戻り、帰り支度をして本丸御殿の戸口に向かっていると、後ろから声をかけられた。

振り向いた頼時は、声の主が柳沢だったことに驚き、その場に片膝をついて頭を下げた。

歩み寄った柳沢が、立たせて言う。

「そなたの父は、めでたいことだな」

「おそれいります」

「会うてお祝いを申し上げたか」

頼時は、柳沢と目を合わせることなく、

「庶子でございますから、まだ会えておりませぬ」

と、寂しそうに言う。

「その様子だと、江戸に来て一度もお目にかかれておらぬのか」

「はい」

「旗本にしてもろうた恩があるそなただ、さぞ心苦しかろう。血を分けた息子に会わぬとは、相模守殿も薄情であるな」

行こうとした柳沢は、ふと、思い出したように言う。

「そういえば、相模守殿は、近々上屋敷で祝いの宴《うたげ》を開かれるはず。上様はむろん、西ノ丸様も招かれようから、小姓のそなたも、供を命じられるのではないか。またとない、よい折と思うが」

「はは、お教えくださり、ありがとうございます」

頭を下げる頼時に、柳沢は微笑んで歩み去った。

見送った頼時は、

「祝いの宴か」

ぼそりと言い、きびすを返して戸口に向かった。

九

「何とぞ、お供をさせてください」

平身低頭して左近に懇願する頼時に、又兵衛が言う。

「しかしそなたは、すでに上様の小姓になったのだ。殿の小姓として供をさせるわけにはいかぬ」

左近が頼時に言う。

「又兵衛が申すとおりだ。小姓としては連れていけぬゆえ、冬木家の縁者として招かれるよう、上様にお頼みしてみよう。ここで待つがよい。又兵衛、文《ふみ》を上様に届けてくれ」

「はは」

「おそれいりまする」

頼時にうなずいた左近は、さっそく文をしたため、又兵衛に託した。

綱吉も一目置く頼時のことだ、本丸御殿から戻った又兵衛は、

「上様はご快諾くださり、その場で冬木殿を呼ばれて、命じられました」

そう前置きし、頼時が宴に招かれることが決まった。

帰らず待っていた頼時は喜び、

「これで、父に直接お礼を言えます。ありがとうございました」

若者らしい清々《すがすが》しさで、左近に平伏してそう言った。

左近は、頼時が喜ぶ姿に安堵し、楽しみに待てと言って帰らせた。

そして十日後の夜、左近は又兵衛と間部を供に西ノ丸をくだり、馬場先御門内の多比藩上屋敷に入った。

猿楽《さるがく》が催される舞台正面には、綱吉をはじめ、左近と柳沢、そして、幕府の一部の重臣たちがいる。

尾張《おわり》、紀伊《きい》、水戸《みと》の徳川御三家《ごさんけ》の姿はない。

大がかりな酒宴にしないのは、冬木が倹約に努めているからだと言う幕閣たちの声が、左近の耳に届いた。

だがおそらくそうではなく、綱吉が人に会うことを好まぬため、普段顔を合わせる者ばかりを招いているに違いないと、左近は思った。

舞台正面の左側には、嫡子有正と、正室の昌、そして、噂の娘、早穂《さほ》など、冬木家の者たちがいる。

左近は、頼時を探した。すると頼時は、舞台正面の右側に陣取《じんど》っている冬木家の家臣団の中に、ぽつりと座していた。しかも、家老たち重臣の後ろにだ。

庶子ゆえの扱いに、左近は胸を痛めた。

冬木は頼時を気にする様子もなく、綱吉と笑顔で話している。

左近が気になったのは、頼時の眼差しだ。猿楽を見ることなく向けているのは、反対側にいる冬木家の者たち。その目つきは、別人のように暗い。

気を遣った家臣の一人に酒をすすめられて酌を受ける時は、いつもの仏顔に戻る。

こころの陰と陽を見た気がした左近は、目が離せなくなっていた。

頼時は何を見ているのか。

そちらに目を向けた左近は、ずっとうつむいたままの娘、早穂のことも気になった。

頼時の眼差しを避けるためにそうしているのかと思ったが、その胸の内はわからぬ。

「西ノ丸様、お口に合いませぬか」

声をかけられて顔を向けると、冬木が銚子を向けていた。

左近は首を横に振り、酌を受けた。そして問う。

「頼時殿とは、話されましたか」

冬木はばつが悪そうな顔をした。

「忙しくしておりましたゆえ、まだ会えておりませぬ。どうか、ごゆるりと」

逃げるように離れ、綱吉のところに戻った。

綱吉が左近を見て、冬木に言う。

「綱豊は、頼時を高く買《こ》うておる。余の小姓になるのだから、そう毛嫌いせず、会うて話をしてやれ」

演目のあいだの静けさで、綱吉の声はよく通った。

そのことを気にした様子の冬木が、ちらと家族のほうへ振り向き、綱吉に頭を下げる。

「そうおっしゃっていただき、嬉しゅうございます」

会うとは言わぬ冬木に、頼時は気落ちしたのか下を向いている。

左近は、そんな頼時に、敵意とも思える眼差しを向けている昌のことが気になった。

そして昌は、頼時を見るのと同じ目を、横に座っている早穂に向けて一言何かを告げた。

暗い面持ちで応じた早穂が立ち上がり、綱吉のそばに行く。

幕閣の面々は、そんな早穂のことを見て見ぬふりをして、演目がはじまった舞台に注目している。

早穂の酌を受けた綱吉は、表情を変えず、声をかけることもなく猿楽に見入っている。

直臣《じきしん》である大名の妻女を寵愛する姿を、幕閣の者たちに見せぬためであろう。

そう考えた左近は、寵愛を受けているさまを皆に見せつけようとした昌の思惑が気になったものの、目を向けなかった。

やがて猿楽は無事終わり、酒宴もお開きとなった。

綱吉が冬木に言う。

「今宵は、よい宴であった。祝いの品をこれへ」

声に合わせて綱吉の小姓たちが現れ、冬木に差し出したのは、名刀備前長船《びぜんおさふね》の太刀《たち》と反物《たんもの》だ。

十反はあろう反物は皆、雅《みやび》な柄の女物。

平伏して礼を言う冬木の横に来た昌が、親しさを皆に見せつけるように、綱吉と接している。

綱吉は上機嫌で接し、帰っていった。

柳沢がこちらを見ていることに気づいた左近は、先に行くよう促《うなが》した。

柳沢は応じて、綱吉を追って部屋から出た。

左近は頼時が気になり顔を向けた。幕閣たちを見送る家臣たちの中で、一人居住まいを正し、下を向いている。

「あの態度はなんですか」

近くでした声に左近が目を向けると、昌が、娘の早穂を叱っていた。

幕閣たちが出ていくと、すぐさま不満をぶつけたのだ。

左近がただの飾り物と知っているのか、昌は気にする様子もなく早穂の腕を引き、綱吉に対して無礼だと、小言を並べている。

厳しい母だと思いながら見ている左近に、冬木が申しわけなさそうに頭を下げた。

左近は薄い笑みで首を横に振り、黙って部屋から出た。

そのすぐあと、早穂は昌に両手をついて訴えた。

「普段ならともかく、幕閣の方々の前で上様のお相手をすれば、遠からず我が夫の耳に届くと思い……」

早穂はいきなり頰《ほお》を平手打ちされ、もたれかかった食膳と共に倒れた。すぐに起きようとした早穂の髪をつかんだ昌は、煮物の汁で汚れた畳に顔を押しつけ、憎々しい顔を頼時に向けた。

「薄汚い身分の女から生まれたそなたら兄妹を引き立てたのは、このわたくしです。お家のために働けぬなら、身ぐるみ剝《は》がして追い出すのみ。どこにでもゆくがよい」

「わたくしが悪うございました。お許しください」

煮汁にまみれた顔を歪《ゆが》めながら、必死に詫《わ》びる早穂の姿に、頼時は、膝に置いている両手に拳をつくり、昌を睨《にら》んだ。

「なんです、その顔は」

昌に言われて、頼時は下を向いた。そして、目についた酒の銚子を取り、口に流し込んだ。

昌は鼻先で笑う。

「二人とも、今の身分を失いたくなければ、殿と有正殿のために励みなさい。早穂殿、病で江戸に戻られぬ役立たずのことなど気にせず、上様にお仕えするのです。よいか」

「はい」

「それでよい」

昌は手を離して立ち上がり、高飛車《たかびしゃ》な態度で向きを変えると、黙っている冬木を睨む。

「何か言いたそうですね」

冬木は目を合わせぬようにしている。

愉快そうに見ていた有正が、昌に言う。

「母上、二人とも、よう身のほどをわきまえましょうから、気をお鎮《しず》めください」

昌は微笑み、頼時と早穂を順に見て、冬木に言う。

「大老になれたのは、わたくしのおかげです。すべてはお家のため。跡を継ぐ有正殿のために、柳沢殿に負けてはなりませぬ」

「わかっておる」

「わかっておる者が、何ゆえここでぼうとしているのです。上様のお見送りはせぬのですか」

「そ、そうであった」

冬木は逃げ道を得たとばかりに、そそくさと出ていった。

昌はため息を漏らした。

「まったく。有正殿、父上のようになってはいけませぬよ」

「母上、悪い手本にしておりますから、ご安心ください」

「それでよい。奥で菓子でも食べながら、今後の話をしましょう。早穂、そなたもまいれ」

「はい」

奥御殿に下がろうとする昌の前に、頼時が立ちはだかった。

頼時は顔を赤らめ、酒に酔っている。

酔えば人が変わる頼時は、憎々しい顔で昌を指差した。

「わたしのことはなんと言うても構わぬ。だが、せっかく幸せになっていた妹を、おのれの願望のために将軍の慰《なぐさ》み者《もの》にしたことは許さぬ。許さぬぞ！」

恨《うら》みをぶつけた頼時は、小さ刀を抜いた。

昌は、目を見開いて悲鳴をあげた。

「おのれのせいで死んだ、母の恨みを思い知れ！」

頼時は、憎しみに満ちた顔で叫んで斬りかかろうとしたが、酔っているため足《あし》下《もと》がふらついた。それでも小さ刀を振り上げたが、有正に阻《はば》まれ、庭に蹴り落とされた。

「血迷うたか」

見下ろして言う有正が、家来から大刀を受け取って庭に下り、成敗してくれると言って振り上げた。

早穂が頼時をかばったのは、有正が刀を打ち下ろした時だった。咄嗟《とっさ》に止めたが間に合わず、早穂は腕に傷を負った。

将軍綱吉が寵愛する早穂に、痕《あと》が残る傷を負わせたことで焦った昌は、頼時のそばに来ていた木南に顔を向けた。

「このままでは、有正殿がお咎《とが》めを受けます」

木南は、険しい顔で顎《あご》を引き、兄妹から離れた。

それを見て、冬木家の家来たちが兄妹を囲む。

丈太郎が駆けつけ、頼時を守ろうとしたが家来たちに取り押さえられ、後ろ頭を打たれて昏倒《こんとう》した。

「丈太郎！」

叫んだ頼時に、木南が抜刀して切っ先を向けた。

腕の痛みに苦しむ早穂をかばった頼時は、昌を睨んだ。

「口を封じるつもりか」

「こうなったのはそなたのせいです。木南、二人とも殺しなさい」

「待て！」

大声をあげたのは、綱吉を見送って戻った冬木だった。

「ならぬぞ木南、斬ってはならぬ」

叫ぶ冬木に応じて、木南は刀を引いた。

昌が苛立《いらだ》ち、冬木に言う。

「酒に酔った頼時が、この家から遠ざけられたことを逆恨《さかうら》みし、乱心して刀を振り回したのです。止めようとした妹を誤って殺してしまったことを悔《く》い、自ら命を絶《た》ったことにすれば、お咎めはありませぬ」

「し、しかし……」

「お前様は、わたくしが産んだ子と、卑《いや》しい身分の女が産んだ子のどちらが大事なのですか」

冬木は押し黙り、下を向いた。

昌が、木南に顎で指図する。

従った木南が、無情に刀を振り上げたその時、空を切る音がして何かが飛んできた。いち早く気づいた木南が刀を振るい、弾《はじ》き飛ばす。

金属の音を立てて地面に落ちたのは、葵《あおい》の御紋《ごもん》が光る小柄《こづか》。

木南が、小柄が飛んできた座敷に顔を向ける。

冬木が目を見張った。

「に、西ノ丸様、先ほど上様と帰られたはずでは……」

「そちの様子がおかしいことを上様が気にされ、戻れと言われたのだ」

左近を飾り物と見くだす昌は、冬木に言う。

「恐れることはありませぬ。酒で正体を失った頼時が斬ったことにすればよい。木南、生かして出すな」

木南は左近に向かい、斬りかかった。

その太刀筋は鋭く、かなりの遣《つか》い手《て》。

辛《かろ》うじてかわした左近は庭に跳び下り、妹を守る頼時を背にして、木南と対峙《たいじ》した。

正眼に構える木南に対し、左近はまだ、安綱を抜かぬ。

抜刀術《ばっとうじゅつ》の構えを見せる左近に対し、木南は左足を前に出し、脇構えに転じて迫る。

左足を出すと同時に、左近の左腹を狙って鋭く斬り込む。

左近は抜刀しざまに、迫る刃《やいば》を打ち払う。

刃がかち合う音が響き、木南は、両足首を転じてつま先を左近に向けながら、両手ににぎる刀を振り上げ、打ち下ろした。

対する左近は、抜刀術で木南の刀を弾いて振り向きざまに、安綱を振り上げて打ち下ろした。

両者が同時に刀を打ち下ろした形となり、切っ先を地面すれすれのところでぴたりと止めた。

木南は左近を睨んだが、すぐに頬を引きつらせ、目は力を失う。そして、声もなく横向きに倒れた。

葵一刀流の剛剣を目の当《ま》たりにした家来たちは、恐れた顔をしている。

昌は、金切り声をあげた。

「斬れ！　生かしてはならぬ！」

左近は、斬りかかろうとした家来を切っ先で制して言う。

「良心ある者は去れ。悪に与《くみ》する者は、葵一刀流が斬る」

怯《ひる》む家来たちの前に、柳沢が現れた。

「この柳沢保明が、すべて見ていた。西ノ丸様を亡き者にせんとしたことも、上様にご報告申し上げる」

厳しく告げると、冬木は腰を抜かした。

「もはや、これまでじゃ」

「お前様！」

「黙れ！」

冬木に初めて怒鳴られた昌は、びくりとして下がり、へたり込んだ。

放心した様子の昌に駆け寄った有正が、しっかりしてくだされ、と泣きついている。

柳沢は冬木家の家来たちに武器を捨てさせ、連れてきていた手の者に命じて、冬木夫妻と有正を捕らえた。

後日、冬木に罰がくだされた。

頼時と早穂だけでなく、左近まで殺《あや》めようとした昌に激怒した綱吉は、打ち首までは命じなかったものの、実家とも縁を切らせて百姓の身分に落とし、江戸から追放した。名門の大名家に生まれ育ち、冬木家に輿入れしてからは思うがままに生きていた昌にとって、綱吉がくだした沙汰《さた》は野垂れ死ねというのと同じことだ。

侍女も連れず、手荷物ひとつで放り出された昌であったが、死ぬ勇気もなく、いずこかへ姿を消した。

冬木有泉と嫡子有正は、昌を止められなかったことを厳しく咎められ、親子はそれぞれ別の大名家にお預けとなり、冬木家は改易《かいえき》となった。

いっぽう磯田頼時は、左近の尽力でお咎めなしとなるが、小姓の話はなくなった。同じ母から生まれた妹の早穂は、久保田家に居づらかろうという綱吉の計らいにより、離縁ののちに磯田家に引き取られ、数年ぶりに、兄妹同じ屋根の下で暮らしている。

このことを左近に知らせたのは、わざわざ西ノ丸を訪ねてきた柳沢だった。

左近は柳沢に、問わずにはいられない。

「頼時を旗本に推《お》したのは、おぬしだと聞いたが、まことか」

柳沢はうなずいた。

「上様が優秀な者を探しておられたゆえ、何人か名を挙げました」

「頼時を特に推したのは、こうなると見越してのことか」

柳沢は、左近の目を見ようとしない。

「まさか、思いもしないことです」

仕組まれたことと疑いたくなるが、何ひとつ証になるものはない。

左近が黙っていると、柳沢は薄い笑みを浮かべて話題を変えた。

「ところで、明日は岩倉具家殿の祝言《しゅうげん》があると小耳に挟みました。ご列座《れつざ》されるのですか」

「うむ」

「それは祝着。上様も、お喜びです」

「そなたも、喜んでくれるのか」

「むろんにございます。では、これにてごめん」

柳沢は頭を下げ、帰っていった。

翌日左近は、岩倉の家でおこなわれた祝言にお琴と列座した。

お琴の義兄《あに》の岩城泰徳も、笑顔で祝いの膳の前に着いている。

風水《ふうすい》にならって改築をした権八は、

「この家に住まわれる岩倉様は、大出世なさるぞ」

と、およねに自慢している。

およねは白無垢姿《しろむくすがた》の光代に見とれて、権八の声が耳に入っていない。

しきりにお琴に、

「きれいなお嫁さまですね。きっとおかみさんも、似合うと思いますよ」

左近にも聞こえる声で言っている。

お琴が左近を見てきた。目を合わせると、お琴は優しい笑みを浮かべ、岩倉と光代に顔を向ける。

集まった皆に祝福されて、二人は嬉しそうに笑っている。

初めて見る岩倉の、穏やかで幸せそうな顔を眺めていた左近は、ふと、頼時の妹、早穂のことが頭に浮かんだ。

そして改めて、岩倉と光代の末永い幸《さち》を、こころから願うのだった。

この作品は双葉文庫のために書き下ろされました。

双葉文庫

さ-38-11

新《しん》・浪人若《ろうにんわか》さま 新見左近《にいみさこん》【七】

宴《うたげ》の代償《だいしよう》

2021年5月16日　第1刷発行

【著者】

佐々木裕一《ささきゆういち》

【発行者】

箕浦克史

【発行所】

株式会社双葉社

〒162-8540 東京都新宿区東五軒町3番28号

［電話］03-5261-4818(営業)　03-5261-4833(編集)

www.futabasha.co.jp(双葉社の書籍・コミックが買えます)

【印刷所】

中央精版印刷株式会社

【製本所】

中央精版印刷株式会社

【フォーマット・デザイン】

日下潤一

ISBN978-4-575-67053-0 C0193

Printed in Japan